„If I had been god

with my staff and my rod

If I had been given the nod

I believe I could have

done a better job"

Roger Waters   Is this the life we really want

„the life is false, its killing me...."

Peter Hammill Modern

verkürzt aus der Wikipedia:
Der Internationale Strafgerichtshof ist ein ständiges
internationales Strafgericht mit Sitz in Den Haag. Seine
Zuständigkeit umfasst die vier Kernverbrechen des
Völkerstrafrechts, nämlich Völkermord, Verbrechen
gegen die Menschlichkeit, Verbrechen der Aggression und
Kriegsverbrechen...

Selbstverständlich würde der Internationale
Strafgerichtshof die hier geschilderten Klagen nicht
zulassen. Insofern ist folgende Geschichte eine eher
surreale Erzählung.

Heinz Andernach   November 2021

© 2021, Heinz Andernach
Herstellung und Verlag:
BoD – Books on Demand, Norderstedt
ISBN: 9783755738978

Bevor ich in media res gehe, die Vorbereitung der Anklagen und ihrer Hintergründe zu schildern, möchte ich in ein paar wenigen Seiten nur über mich schreiben, über meine speziellen Probleme und Schwierigkeiten mit dem Leben. Man wird meine Motivation, die Anklagen zu formulieren dann besser verstehen.

Die Pandemie hat mich zerfetzt.
Ich hasse mich; zumindest manchmal. Ich hasse dieses Leben, mein Leben, wenn es nur darauf ausgerichtet scheint, darauf zu warten, irgendwann zu sterben. Solange wird es nicht mehr dauern, aber vielleicht werden die letzten Jahre besonders hart, besonders unangenehm. Statistisch gesehen sind es noch 17 Jahre, die ich zu erwarten, zu warten habe. Eine ungesunde Lebensweise, in Vergangenheit und in der Jetzt-Zeit könnte diese Durchschnittszeit noch verkürzen.
Kann es mir egal sein oder soll ich mich gar freuen?
Ich scheine zu müde zu sein, um mich grundsätzlich freuen zu können, aber das stimmt nicht ganz. Auch wenn die Müdigkeit wie ein Filter wirkt, der Positives nicht heranlässt, können gute Nachrichten das Stimmungstief abmildern, so wie schlechtes zur Verstärkung der Bedrückung führt, aber letztlich kreist meine innere Welt zu oft um die eigene Unerträglichkeit.
Es ist ein krankes Gefühl und ich bin mir nicht sicher, ob neben der Müdigkeit eine Depression wirkt. Eine Depression, eine von vielen, aber Depression ist nur ein

Name, für einen Zustand vielleicht, aber sie ist kein Akteur. Eine Depression kann nicht auf die Anklagebank. Vielleicht die Dämonen, die die Depression betreiben, aber gibt es die überhaupt?

Das mit der Anklagebank sollte man nicht so wörtlich nehmen, aber ich erlaube mir, es zu tun und ich sehe sie auf einer Bank sitzen, diesen hässlichen Dämonen, der in noch ungeklärter Weise meine Depression in die Welt bringt, daneben der Tod mit der Sense, der Sensenmann, man kennt ihn und neben dem personifizierten Tod, ein schrecklich entstelltes Monster, das Leben.

Nein, ich bin mir also nicht sicher, ob sich eine Depression neben meiner Müdigkeit gesellt.

Die Ursachen: teilweise scheine ich sie zu kennen.

Mit Sicherheit habe ich ein Schlafapnoe, welche die Qualität des Schlafes mindert. Geringere Schlafqualität bedeutet häufigeres Aufwachen, möglicherweise eine geringere Schlaftiefe und da bin ich wieder bei der Qualität, aber das erklärt nicht die ewig langen Wachphasen, die ich während der Nacht habe oder am frühen Morgen, aber die auch schon vor dem ersten Einschlafen dauern. Dies verfolgt mich praktisch immer, außer ich nehme ein stark süchtig machendes Schlafmittel, dass anscheinend die langen Wachliegezeiten vermindert. Das Mittel ist eigentlich ein Angstlöser, aber ich scheine auch eine gewisse Angst vor dem Dunkeln zu haben, denn in besonderen Krisen und Zeiten „klassischer" Krankheiten, wie Erkältung und Fieber lasse ich ein kleines Licht brennen. Mit Sicherheit, das bedeutet etwas.

In den Krisen der heftigsten Schlaflosigkeit fühle ich mich im Bett am wohlsten, auch wenn das scheinbar endlose Wachliegen unerquicklich und entnervend sein kann. Oft habe ich dann nichts Sonderliches im Kopf, manchmal drehen sich dumpfe Gedanken im Kreis, manchmal sind es kleine, mitunter optimistische Pläne, die ich schmiede und eher selten habe ich sogar gute Ideen.

Was das Bett attraktiver macht als den Sessel: ich spüre wenig oder gar nicht die Unerträglichkeit der Müdigkeit. Da ich in diesen Krisen bis zu 12 Stunden im Bett liege, muss ich betonen, dass ich in keiner Weise körperlich müde bin bzw. körperlich müde sein kann, sondern die Müdigkeit und ihre Folgen sind rein psychisch (obgleich das Gehirn ist Teil des Körpers). Wenn ich von Müdigkeit spreche, meine ich psychische Müdigkeit.

Schmerz, Angst, Trauer, Depression sind psychische Zustände, Ärger sollte ich nicht vergessen. Neid ist dann eher eine Haltung mit Potenzial zum Zustand.

Ich beneide die mit einem ungestörten Schlaf. Die, die sich freiwillig den Schlaf entziehen, weil sie mehr machen und erleben wollen, sind selber schuld. Ich beneide die Menschen ohne Schlafstörung, die wohl überwiegende Mehrheit, denn ich glaube nicht, dass vollständige Durchseuchung der Bevölkerung mit Schlaflosigkeit nicht publik wäre.

Gewisser weise beneide ich auch den Harzt-IV-Empfänger, der gut schläft, verkenne aber nicht, dass es gewichtige andere Probleme geben kann. Aber man ist immer selbst im Zentrum der Betrachtung.

- 2 -

Es sind dann oft gar keine Gedanken, die ich im Kopf habe und sich wiederholen, sondern sich wiederholende dumpfe Ohrwürmer, meist klassische Motive, Themen, die ich meist zuordnen kann, manchmal nicht und dann suche ich, um die Antwort nach Stück und Komponisten zu finden. Meist fällt es mir ein, das ist nach nervender Suche erfreulich und Hin und Wieder dem Einschlafen nützlich. Die Frage stellt sich natürlich, ob es sinnvoll wäre, aufzustehen, um kreativ zu sein, aber ich glaube, ich wäre sehr müde, eine Müdigkeit überfiele mich, die ich im low energy mode im Bett nicht verspüre. Ich werde es dann irgendwann ausprobieren.

Früher, und von daher muss es eine bessere Zeit gewesen sein, waren Träume oft interessante irgendwie besondere Träume, etwas, dass ich schätzte, heute fürchte ich sie, nicht nur der Inhalte wegen, sondern weil sie die Schlafqualität mindern und ich mich nach stärker wahrgenommenen Träumen gerädert fühle.

Hin und wieder stehe ich in den schlaflosen Nächten auf, fahre den Rechner hoch und schaue mir ein hochklassiges Gospiel an, bis in einer Phase, wo es mich langweilt oder die Müdigkeit zu groß ist. Kreativ ist das nicht, aber wäre es das, wenn ich für eine Stunde Tagebuch schreiben würden? Könnte ich in einem solchen Zustand wirklich schreiben? Selber Go oder Schach zu spielen erscheint mir dann beschwerlich. Die Weltformel werde ich dann auch nicht formulieren und aufstellen können, Versuche könnten an Escherkonstrukte erinnern, mit denen man sich oft genug in den Träumen beschäftigt; sie sollten aber nicht beängstigend oder nervend sein. Im Bett brauche ich sehr viel Geduld, nervenaufreibende Schlaflosigkeit im Bett ist dann wie gesagt oft angenehmer als der Tag danach, jedenfalls war das vor der Angst.

3

Nun laufen die Wellen der Pandemie schon über ein Jahr, vor einem Jahr konnte ich mir die Ausmaße noch nicht vorstellen, etwa ein Monat später war mir klar, dass ich betroffen sein würde und ich war es auch sehr schnell. Es breitete sich ein Regime des Schreckens, der Depression und der Isolation aus. Das war im März 2020. Praktisch jeder würde es kriegen, dachte ich nicht ohne Grund, denn unsere Immunsysteme kannten das Virus nicht, und im Focus meiner Betrachtung stand meine Mutter, denn schnell wusste man, dass sehr alte Menschen besonders betroffen waren. Ich selbst war ja schon älter, aber meine Mutter war besonders alt.
Im Sommer schien es nachzulassen, zumindest hier in Deutschland, was mich verwunderte, aber war in China die Ausbreitung nicht gänzlich gestoppt worden? Konnte man den Zahlen trauen?
Das epidemische Geschehen in Deutschland hatte nachgelassen in dem Sommer, aber es war der Sommer, in dem meine Mutter starb. Sie starb nicht an Covid 19, aber mir scheint es so, dass die Isolierung der Menschen zu ihrem Tod einen großen Teil beigetragen hat. Mit diesem Virus flog mir die häusliche Pflege, die ich organisiert hatte, um die Ohren. Der Tod meine Mutter wäre aber eine eigene, traurige Geschichte. Sie ist jedenfalls stark mit diesem Virus verquickt.
Wir waren überrascht und erleichtert, dass das Geschehen nachließ, aber wir sprachen von der 2. Welle, die kommen würde, wenn diese Idioten aus Mallorca nach Hause gekehrt wären. Freuen konnte ich mich nicht, denn die tragischen Ereignisse um meine Mutter überschatteten

alles.

Ein bisschen wie Sciencefiction fand ich alles von Anfang an und ich weiß nicht, wie viel Kindisches ich mir unterstellen muss, ich war Beobachter eines Sciencefictions und mitten drin. Machte der Kindskopf in mir alles für mich leichter?

Im Anfang sog ich Informationen auf, aber ich wurde zunehmend ängstlicher und kränker. Die Isolierung führte zu einem völligen Abschalten. Ich boykottierte die Nachrichten, weil ich nichts mehr über Corona hören wollte, zudem interessierte ich mich nicht für Fernsehen im Besonderen, denn im Allgemeinen interessierte ich mich für nichts. Allerdings wollte ich meine depressive Stimmung überleben. Seltene Anwesenheit im Büro besserte meine Verfassung etwas.

Viele haben gesagt, die Pandemie sei Gelegenheit, einen Jahrhundertroman zu schreiben, was ich erstens nicht unbedingt finde und zweitens kann nicht jeder einen Jahrhundertroman schreiben.

Die Pandemie schärft allerdings den Blick für einiges. Die Isolierung, die zwangsweise geschieht, die man freiwillig aber noch verstärkt, indem man sich zum Beispiel fürs Homeoffice und gegen das Büro entscheidet, schärft das Bewusstsein für Einsamkeit und Einsamkeit gibt immer Stoff für Geschichten und Romane. Seit der Pandemie bin ich sehr einsam. Ich wollte zuerst „gänzlich einsam" schreiben, aber das stimmt wohl nicht.

Die Pandemie – zuerst in Gestalt der Pflegerin – verbot mir meine Mutter zu besuchen und dann war sie tot. Insofern bin ich nun besonders betroffen. Die Pandemie schärft auch den Blick für gesellschaftliche Prozesse, denn die Gesellschaft befindet sich im Ausnahmezustand. Ich wunderte mich, dass sie alle die Masken tragen, die Alten, Kinder, die Migranten, die Gebildeten und die

Ungebildeten. Nicht jeder schien sich aber um Abstand zu scheren. Es gab dann doch verschiedene Verhalten zu beobachten, in einem neuen Kontext, den es so noch nicht gegeben hatte. Und dann wurden Menschen, die man zuvor in vielen Belangen für vernünftig gehalten hatte, zu Coronaleugnern.

Die Politiker zeigten sich von einer neuen Seite. Was lehrte Corona über gesellschaftliche Dynamik? Die Erfahrungen waren für den einen oder anderen Schriftsteller sicher nützlich.

Inzwischen ebbte die zweite Welle hier ab, Impfstoffe waren entwickelt, aber nicht verfügbar und inzwischen informierte ich mich überdurchschnittlich über Corona, schaute auch viel Mist im Fernsehen. Trotz neuer Entwicklungen könnte es dennoch jeder kriegen.

4

Mit dem Sündenfall kam das Leid über die Menschen, so erzählt die Schöpfungsgeschichte der uns hier prägenden Kultur. Später starb dann am Kreuz Jesus für uns. Ihm gelang nach zwei Tagen die Wiederauferstehung und damit bekam unsere Kultur ein Jenseitsversprechen, die Erlösung vom Leid, nach dem Tod. Einige fühlten sich dadurch schon vorher euphorisiert. Hatte das Jenseitsversprechen die Kraft, das Leben schon vor dem Tod erträglicher zu machen? Ganz ohne Zweifel bewegte es Millionen von Menschen in ihrem Handeln, wenn es auch in der Vernichtung Andersgläubiger mündete.

Ich hatte zwei Prozesse zu führen, die man vielleicht in einem großen Prozess hätte zusammenführen können, aber als Anwalt der Anklage hatte ich mich entschieden, daraus zwei Prozesse zu machen, die ich am Internationalen Strafgerichtshof in Den Haag führen würde, im folgenden nur das Gericht. Man hätte die Prozesse auch am europäischen Gerichtshof für Menschenrechte führen können. Im Grunde waren es Prozesse in Abwesenheit, denn die Beklagten würden nicht anwesend sein. Das ist keinem Versäumnis geschuldet. Man konnte die Beklagten nicht inhaftieren und schließlich dem Gericht überstellen, aus prinzipiellen Gründen: In dem einem Fall ist es schon einfach zu erklären: der Angeklagte existierte nicht. In diesem Fall war Gott, der christliche Gott oder wenn man so will der abrahamitische Gott der Angeklagte, allerdings stellvertretend für alle anderen Götter, die die Menschheit im Laufe ihrer Geschichte erfunden hatten.

Im zweiten Fall ist es sogar unstrittig, den Angeklagten oder sagen wir besser die Angeklagte nicht zu personifizieren. Ich spreche hier von der Evolution als eine Art Inkarnation der Natur. Zweifellos und das würden auch meine größten Kritiker bestätigen, existiert so etwas wie Natur. Ihre Inkarnation, die Evolution ruft dann solche auf den Plan, die ihre Existenz abstreiten. Das sind dann meistens ausgerechnet die, die genau wissen, dass Gott existiert.

Aus allen möglichen Gründen würde man meine Prozesse versuchen zu verhindern, selbst meine Zulassung würde man infrage stellen.

Ich bin dann auch kein Staatsanwalt, sondern vertrete eine gemeinnützige Organisation, die Human Development Organisation, die für manche allerdings eine Ketzerorganisation ist, die manche gerne auf die Liste der terroristischen Vereinigungen setzen würden. Der Weltrat der Kirchen, ebenso das Weltparlament der Religionen, wenn es denn tagen würde, würde protestieren. Aus naturwissenschaftlichen Kreisen, insbesondere der Biologie würde heftigste Kritik kommen, aber es gab gewisse Chancen, dass das Gericht die Klagen annehmen würde.

Des Öfteren wurden private Prozesse geführt. Das Vorbild waren wohl die Unternehmensklagen gegen verschuldete Staaten und das Gericht ließ sich das manchmal gut bezahlen, um seinen Namen zur Verfügung zu stellen.

Ich träume von anderen Zeiten, in denen eine willige Staatengemeinschaft mich als Anwalt in dieser heiklen Mission beauftragen würde, aber diese Zeiten waren noch nicht gekommen, aber die Human Development Organsisation war zahlungskräftig, dank einiger Milliardäre, denen bitter bewusst war, dass sie mit ihrem

Geld zurzeit nicht alles kaufen konnten.

Ich wusste, mit wem ich mich verbündet hatte, mit knallharten Egoisten, denen es in erster Linie wichtig war, nicht so schnell zu sterben. Unsterblichkeit als ein Beispiel der unerfüllten Wünsche auf ihrer Liste.

Ihr Geld konnte nicht verhindern, dass sie vielleicht leiden würden, jedenfalls noch nicht.

Ich war durchaus jemand mit egalitären Ansprüchen und dass ich als Sozialist unter Wölfen die Beauftragung für die Anklage bekam, kann als Indiz gesehen werden, dass man die Ziele der Human Development Organisation in der Gesellschaft verankern wollte.

Ich war mir relativ sicher, dass sich für den Prozess gegen Gott ein Verteidiger finden würde, vermutlich ein Vertreter der katholischen Kirche, der vorgeben würde, an die Existenz Gottes zu glauben, der behaupten würde, alles sei gut und die Liste seiner Zeugen könnte lang sein.

– 5 -

Ist meine Seele müde? Schlaflosigkeit, Energielosigkeit, es nagt an mir, bis es mich vielleicht in die Depression stürzt. Es stellt sich als Grundproblem heraus, sich eine Fitness für den Tag, für den Alltag zu bewahren. Dass die Knochen und der Rücken schmerzen, macht es nicht einfacher.

Ich wünschte mir das Wundermittel, das die Energiebombe im Gehirn zündet, aber das Bild mit der mentalen Bombe ist falsch, da eine Explosion etwas sehr Kurzfristiges darstellt. Ich brauche das mentale Dauerfeuer, wobei es vielleicht nicht schlecht wäre, wenn es mit einem Wusch begänne.

Eine große Tasse Tee kann das nicht liefern, liefert

vorübergehend ein kleines Glimmen, manchmal.

Ich erkaufe mir meine Fitness mit Schlaf einflößenden Mitteln. Sie wirken in den anderen Tag hinein, können den nächsten Tag erträglicher machen, wobei es da keine Garantien gibt. Man schreibt ja sogar von depressiven Nebenwirkungen und da es stark süchtig macht, sind die Tage danach, wenn ich es abgesetzt habe, nicht einfacher, sodass in Gänze gesehen, es fraglich ist, ob das Mittel überhaupt nützlich ist.

Es gibt Mittel, die die Explosion und das Feuer versprechen, aber ich will nicht wissen, wie es mir ergehen würde, wenn das Feuer erloschen ist, was ganz notwendigerweise geschehen muss. Ich kenne das alles nicht, aber diese wundersame Energie ist vielleicht nur ein stark überzogenes Werbeversprechen, Propaganda.

Vom Horror, den man sich schließlich mit den Wundermitteln verschafft, hört man ja genug.

Diese ganzen Überlegungen helfen mir natürlich nicht weiter und sind letztlich nur Ausdruck meiner Verzweiflung, eine Verzweiflung, die mich nicht zerstören darf, die letztlich aushaltbar sein muss.

Im Grunde ist es einerlei, ob ich Dinge tue oder nicht, es scheint sogar oft die üblere Variante zu sein, mit Nichtstun die Müdigkeit, Energielosigkeit, Depression zu ertragen, da Ablenkungen auf jeden Fall nützlich sind.

Allerdings spielen Versagensängste eine große Rolle, wenn Aufgaben zu erledigen sind und man fürchten muss, es mangele an nötiger Fitness und Power.

Am Rande der Verzweiflung, eine verzweifelte Lage, wie immer man es auch ausdrücken will, ich war jedenfalls in Sorge, dass meine Aufgabe mich überfordern würde.

Ich musste zwei Prozesse führen, mich vorbereiten und stand in Verantwortung, nicht nur das beste für die Human Development Organisation zu geben, sondern diese

Prozesse waren mein ganz persönlicher Beitrag, das Schicksal der Menschen zu verbessern. Ich will nicht soweit gehen, dass es um mein Lebenswerk ging. Was konnte ich überhaupt erwarten?

Natürlich gab es Bestrebungen, dass die Prozesse gar nicht zustande kamen, aber die finanzielle Unterstützung schien sicher, wenn ich auch noch schlüssige, endgültige Konzepte vorlegen musste, insbesondere meinen Geldgebern, die einflussreiche Mitglieder der Human Develop Organisation waren oder sich im Hintergrund bewegten, auch das Gericht musste sein abschließendes ok geben, auch wenn es letztendlich das Geld war, das sie überzeugen würde. Hatte ich, das Häuflein Elend, die Möglichkeit, die wichtigsten Weichen zu stellen oder war das nur eine besondere Form von Größenwahn, ein nicht zu erklärender Größenwahn eines Elenden und nahezu Verzweifelten.

Darf ich träumen? Von einem Sieg, von einem Sieg über mich selbst, von einer Verurteilung Gottes, stellvertretend für alle Götter und der Verurteilung der Evolution, einer besonders perfiden Ausprägung der Natur.

Jedem war klar, dass die Beklagten keine Wiedergutmachung leisten könnten, keine finanzielle Entschädigung der Opfer. Stünde nicht jedem Menschen eine Entschädigung von mindestens eine Million Euro zu? Bei acht Milliarden Menschen wäre das eine beträchtliche Gesamtsumme.

Soviel Geld und Besitz gibt es auf der Welt gar nicht. Die Natur besitzt gar kein Geld und wenn, dann in einer höchst indirekten Form.

Gott könnte so viel Geld haben; er müsste auf seine kolonialen, außerirdischen Besitzungen zurückgreifen und das Geld hätte nur dann seinen tatsächlichen Wert, wenn die Menschen Dinge und Dienstleistungen im großen

Maße von Außerirdischen kaufen könnten, aber Gott zieht sich durch seine Nichtexistenz aus der Affäre. Ein nicht existierender Gott ist zahlungsunfähig und in gewisser Hinsicht auch unschuldig, eine ernstzunehmende Schwäche in meiner Argumentationskette. Könnte es mir gelingen, seine Vertreter auf Erden, die Kirchen, die Repräsentanten der religiösen Gemeinschaften zur Kasse zu bitten, ich meine, zu Strafgeldern zu verurteilen? Die Milliarden würden dann wohl ausbleiben.

- 6 -

Die heiteren Klänge von Schuberts Fünften können nicht darüber hinwegtäuschen, wie es mir geht. Warum wunder ich mich?
Weil die Erinnerung mich täuscht und mir sagt, dass früher in meinem Leben eine Normalität vorherrschte, in der alles erträglich war.
Äußerst vage erinnere ich mich, dass ich zu Schulzeiten öfters müde war, aber es muss etwas anderes gewesen sein, als die mentale Erschöpfung, die mich heute bestimmt.
 Ging es mir nicht gestern besser? Ich schrieb an einer mail und an einer Rezension, machte meinen Wocheneinkauf, halt die Coronamaske zu tragen war unangenehm, das Abendessen mit der indischen Linsensuppe war doch nicht schlecht. Ich hatte beim Sitzen am Küchentisch etwas Rückenschmerzen, aber ich glaube, diese mentale Erschöpfung, die sich kaum von einer Depression unterscheiden lässt, war im Hintergrund oder war einfach nicht vorhanden.

15

Freute ich mich nicht aufs erste Bier? Das Versprechen, das vom Bier ausging, wurde doch ein bisschen gehalten. Wie oft habe ich in der letzten Zeit mit dem ersten Bier einen weiteren Stimmungsabsturz erlebt. Meine Erinnerung und in diesem Fall war sie noch vergleichsweise konkret, sagte mir, dass der Tag aushaltbar gewesen war. Im Paradies hatte ich mich allerdings nicht befunden. Aber vielleicht hatte das Gedächtnis schon begonnen zu täuschen.

Das Gefühl, das etwas nicht stimmt, musste doch mit einer erlebten Normalität in der Vergangenheit einhergehen, die erträglich war oder beruhte alles auf Täuschung? Wurde ein Optimist stärker getäuscht oder beruhte sein Optimismus auf ein besseres Vorleben? Ich verzettele mich etwas in meinen Gedanken.

Auch ein Pessimist konnte finden, dass es in der Vergangenheit besser war, besser als das Kommende.

Ich blicke aus dem Fenster in die Gärten und erfreue mich an der Natur. Es ist zwar praktisch alles von Menschenhand, aber doch ist es Natur. Ich freue mich, wenn ich hin und wieder ein kletterndes Eichhörnchen sehe oder einen seltenen, größeren Vogel. Beginnen nicht schon hier die Widersprüche?

Wie kann jemand die Natur anklagen, wenn er sich an ihr erfreut? Ich frage mich, ob ich eine Parklandschaft schöner und ästhetischer finde als einen Regenwald. Im Detail ist der Regenwald sicherlich interessanter, aber der Vergleich ist gewissermaßen unfair, weil ich offene Landschaften mit hinreichender Vegetation einem dichten Wald vorziehe. Vergleichen muss ich den Park mit der Serengeti und den Regenwald mit einem typischen deutschen Nutzwald und mir scheint, dass im letzteren meine Seele besser baumeln kann. Der Regenwald bleibt natürlich interessanter, aber durchaus feindseliger.

Aber wie auch immer, auch im Garten und im Park wirkt die Natur, wirken natürliche Prozesse, auch wenn der Mensch immer wieder steuernd eingreift. Und selbstverständlich wirkt die Evolution, zu deren Opfer auch ich mich zähle, in meinem Garten und es ist auf den ersten Blick schon ziemlich inkonsequent, wenn ich mich an Eichhörnchen erfreue.

Meistens sieht es so aus, dass es ihnen gut geht, sie sind beschäftigt, klettern und hüpfen herum. Ich könnte mir nicht vorstellen, dass da ein Wesen mit Depression agiert. Eine gewisse Angst traue ich ihnen zu, zum Beispiel wenn sie eine Katze wahrnehmen. Aber auch all den Menschen, die man so sieht, meist im Fernsehen, in diesen Pandemiezeiten, unterstelle ich nicht meine innere Hölle, kaum jemand spricht über so etwas und es kann einfach nicht sein, dass alle diese innere Hölle in sich haben, aber ich bin gewiss, dass ich damit nicht allein bin, nur insofern, als ich von den anderen Mitleidenden getrennt bin.

Eine Natur, die für das Wohlergehen ihrer Geschöpfe ausgelegt wäre, würde meine Verzweiflung nicht zulassen.

Der Affe, der ein Bär sein wollte.
Bären sind mir sympathisch und ich wünschte mir einer
zu sein, ein Braunbär irgendwo an den Nebenflüssen des
Amurs oder des Yukons lebend, vielleicht auch in den
Wäldern Transsylvaniens.
Rumänien bekommt von mir gleich drei Sympathiesterne,
weil es das Land der EU ist, in dem mit Abstand die
meisten Bären leben.
Ich stelle mir nicht unbedingt vor, dass ich mich über Aas
hermache, ich weiß, Bären müssen Aas fressen, um zu
überleben.
Auch will ich Elchkälber verschonen, habe allerdings
keine moralischen Skrupel Lachse zu töten und mich an
ihnen satt zu fressen. Selbstverständlich ernähre ich mich
von Beeren, so wie Bären das tun. Von Pilzen? Kenne ich
mich da aus? In Rumänien finde ich vielleicht auch
Nüsse. Lachse massakrieren ist ok.
Für mein Leben habe ich mir auch keine strikte vegane
Ernährungsweise angewöhnt und es mag vielleicht nur ein
Zufall der hiesigen Evolution zu sein, dass die Pflanzen
nicht empfinden, weder Schmerz, noch Depression oder
Unfreiheit. Sie kennen keine Angst. All das vermuten wir
und möglicherweise liegen wir richtig, obwohl Stimmen
hinzukommen, die anderes behaupten.
Wie wäre es, wenn alles Leben, jedes Bakterium
empfinden könnte? Dass es auf fernen Welten komplexe
pflanzenartige Wesen geben könnte, die die Palette von

Schmerz, Angst und Depression kennen, ist zumindest vorstellbar und ich bin sicher: es wurde in diesem Universum realisiert, auch wenn ich nicht weiß, welche evolutionären Vorteile für Lebewesen, die ihren Standort nicht ändern, dadurch gewinnen können.

Ist es nicht zum jubeln, wenn das ganze Universum empfindet, arbeitet die Superzivilisation nicht daraufhin, jegliche Materie in denkende, empfindende zu transformieren, Energieversorgung inklusive.

Dies ist der Größenwahnsinn an sich und die erkennbare Natur und Evolution arbeitet nicht darauf hin, aber vielleicht selbst ernannte Götter.

Wäre es nicht ein erstrebenswertes Ziel, jeden Kubikzentimeter denkend zu machen, nicht nur denkend, sondern auch permanent glücklich, da Glück der erstrebenswerteste Zustand des Empfindens ist. (Glück vieldeutig in der deutschen Sprache, ähnlich wie Liebe). Nun ist Glück offenbar nichts, dass sich reproduzieren will, sondern nur ein glücklicher Umstand.

Im Grunde sind die Herren der Human Development Organisation die Vorreiter dieser selbsternannten Götter. Sie träumen davon die Menschen zu Halbgöttern zu machen, die keine Krankheit fürchten müssen, keine Armut und keinen vermeidbaren Tod.

Vom Transhumanismus geleitet würde die HDO den Verlauf von Politik und Geschichte bestimmen, die Menschenart abschaffen und sie durch etwas vermeintlich besseres ersetzen.

Ich würde für diese Leute arbeiten, auch wenn ich nicht unbedingt sah, dass mich das glücklicher machen würde. In den Zeiten des Terrors muss man sich opfern für die nächste Generation, damit diese glücklich sein konnte. Die Biomasse kommender Generationen sollte glücklich sein, jeder Kubikzentimeter.

Die Natur scherte sich nicht um Glück, ein bisschen, wenn es die Weitergabe von Genen förderte. Pflanzen konnten das wohl noch ohne Glück. Die Pflanze empfand beim Bestäuben kein Glücksgefühl, aber so etwas wie ein oberflächliches Glücksgefühl konnte einem Menschen während der Kopulation oder danach überkommen.
Die Evolution hatte das Glück in die Welt gebracht, nicht aber damit gerechnet, dass daraus ein philosophischer Begriff wurde, ein Prinzip mit der Erkenntnis, dass was zählte nicht die Kopulation, die Zeugung und Vermehrung war, sondern der Zustand des Glücks.

– 8 -

Die Braunbären haben es erst vor weniger als 15000 Jahren nach Nordamerika geschafft; in der Gegend von der Kodak-Insel haben sie sich zu einer imposanten Größe entwickelt, da kann der rumänische Bär nicht mithalten. Bis hin zu den kühlen Wäldern Südchiles kamen sie nicht.

Affen schafften es vor mehr als dreißig Millionen Jahre nach Südamerika, der Kontinent war längst von Afrika getrennt und wie sie es vermochten, wird mir vorerst ein Rätsel bleiben.
Vielleicht haben Außerirdische ein großes Experiment gemacht, haben beobachtet, wo intelligente Primaten entstehen.
Der Mensch ist eng mit dem Schimpansen und Gorillas verwandt und diese Affen stehen uns näher als die Orang-Utans, um so überraschender war es für mich kürzlich zu lesen, dass die indonesischen Menschenaffen mit ihren intellektuellen Fähigkeiten (in mancher Hinsicht) sogar

Schimpansen übertreffen. Aus dieser Linie haben sich wohl keine zweiten Menschen entwickelt, es sei denn, dass sie vor langer Zeit ausgestorben sind.

Trotzdem ich mit der Natur im Clinch liege, setze ich mich für Biodiversität ein und selbstverständlich für den Erhalt der Regenwälder.

Ich habe in diesem Bereich sogar Prozesse geführt und gewonnen.

In Südamerika entwickelte sich kein zweiter Mensch, aber immerhin so etwas wie ein zweiter Leopard. Warum sich das Fellmuster von Leopard und Jaguar durch die Evolution entwickelt haben, muss ich nicht unbedingt verstehen und diese Muster mit ihren typischen Farbstrukturen gibt es in ihrer Ausprägung nur bei Katzen und nicht zum Beispiel bei Affen, Elchen, Antilopen oder Wildschweinen.

Ich träume hin und wieder vom Regenwald. Der Urwald hatte mich als Kind fasziniert, damals weit mehr Terra Incognita als heute. Ich bewundere auch heute noch Albert Schweitzer mit seinem Lambarene mitten im Regenwald am Fluss Ogooue im heutigen Gabun. Gabun bietet mit seinen noch relativ intakten Regenwäldern Schimpansen, Gorillas, Leoparden und Waldelefanten, um die Topakteure für Ökotouristen zu nennen, geringe Rückzugsgebiete, für Nashörner, Flusspferde, für jede Menge Kleinzeugs, ich weiß nicht, für tausende Pflanzenarten. Sumatra hätte mit seinen Tigern, Orang-Utans, Nashörnern und Elefanten gut mithalten können, aber zu viele Menschen haben die Insel in eine Palmölplantage verwandelt, um ein Klischee zu bedienen. Als moderner Albert Schweitzer würde ich mein modernes Lambarene auch in die Nähe eines größeren Flusses legen, vielleicht am Rio Xingu oder Rio Madeira, am Oberlauf des Amazonas, oberhalb von Iquitos, oder einer der großen Flüsse Borneos oder im Einzuggebiet des Kongo.

Ebola fasziniert mich, es ist eine der brutalsten Ausdrucksformen der Natur. Mein Institut würde neben praktischer Hilfe für die Menschen, die geheimnisvolle Welt von Ebola und Co erforschen.

Das hat etwas anachronistisches im Zeitalter einer Pandemie, die weltweit wütet, aber die auch ein wenig gnädig erscheint, weil sie nicht jeden tötet.

Es sind ganz andere Killer vorstellbar.

Besonders perfide war Aids. Eine Art Aids, dass sich wie ein Atemwegsinfekt, wie Corona verbreitet, wäre der absolute Tiefschlag.

Gehöre ich nicht zu denen, die vollends auf Technik setzen?

Nahrung aus dem Labor, regenerative Energien natürlich, weil sie auf lange Sicht eh billiger sind und wäre es nicht konsequent, die Regenwälder in offene Parklandschaften zu verwandeln, gepflegt von unermüdlichen Robotern? Wie mir scheint stammen diese neuen Krankheiten alle aus der alten Welt, sodass ich mein Lambarene besser nicht am Rio Xingu errichte. Möglicherweise werden in Südamerika nicht so viele Affen und Fledermäuse verzehrt, hier spekuliert ein unwissender Laie.

Aktuell könnte sich Brasilien allerdings als größter Pool für Coronamutationen entwickeln.

Ich sehe mich in meinem Lambarene in Borneo, eine Schutzmaske tragend, um mich vor Covid 19 zu schützen, meine Mitarbeiter ebenfalls mit Masken. Das Bild scheint mir wie Satire.

Ich hatte zum Jahreswechsel 20 gnadenlose Zahnschmerzen. Eine innere Vereiterung, deren Schmerzen in dieser Stärke völlig sinnlos waren und ich dachte an die Gorillas in Gabun, die vielleicht mein

Schicksal teilten, aber nicht die Möglichkeit einer Zahnop
hatten und denen Penicillin und Ibuprofen nicht zur
Verfügung standen.
Manchmal braucht man eigenes Erleben, um zu neuen
Entwürfen für die Welt zu kommen. Diese Schmerzen
trugen zu meiner Radikalisierung bei, nicht zuletzt
dadurch, dass die Praxen während der Feiertage dicht
hatten.

„Wir nannten die Erde eine der Blumen des Himmels und
den Himmel nannten wir den unendlichen Garten des
Lebens."
Ich las letzte Woche im Hyperion von Hölderlin und
stolperte über diesen Satz.
Die Naturbegeisterung des Hölderlin passt mir ins
Programm und ich sehe es für mich als dialektischen
Diskurs, während ich mich mit den Anklagen beschäftige
gegen Gott und Natur.
Angstzustände hatten mich überwältigt und mir schien vor
dem versuchten Einschlafen es so, als ob ich zu wenig
Luft zum Atem bekäme, für einen Hypochonder die
richtigen Symptome zu Zeiten der Corona-Pandemie. Ein
Hypochonder wird oft belächelt, man belächele mich
nicht.
Der Satz von Hölderlin begeisterte mich. Er strahlte eine
ausgesprochene Schönheit aus, so sollte es sein, aber so
ist es nicht, aber der Satz ist ja weniger die Beschreibung
der Welt, als die implizite eines Glückszustands, der sich
an einer Illusion über die Welt widerspiegelt und sich
auch als Dauerzustand als illusionär erweist. Dem
Hyperion geht es nicht oft gut. Er erlebt ein auf und ab,
ähnlich wie ein Bipolarer, aber es wäre nicht fair nur den
Himmel als Täuschung abzutun. Ich habe an eine
Verfremdung des Zitats gedacht, etwa so:
„Wir nannten die Erde einen Morast des Universums und
das Universum nannten wir die endlose Wüste des
Lebens." Das wäre dann eher im Sinne der Anklage.
Man beachte, dass Hyperion den Garten wählt und nicht

den Urwald und ist es nicht genau das, was die Betreiber der Anklage im Sinn   haben, aber nicht Gott als Gärtner, sondern sie selbst.

Wären die Palmölplantagen Sumatras, die zu Weiden gerodeten Urwälder Amazoniens nicht ein erster Schritt zum universalen Garten?. Ein ungeheuerlicher Gedanke und meine Positionierung ist klar, aber da scheinen sich die Geister zu scheiden.

Der westeuropäische Mainstream sieht es ganz eindeutig, aber ich will Bolsonaro nicht alles schlechte unterstellen, wenn er grünes Licht gibt zur Vernichtung seiner grünen Hölle, aber den Klimawandel hat er nicht begriffen. Aber so viel ist gewiss, es ist nicht seine Hölle. Sie gehört ihm nicht.

Und wenn der Wolf für die einen ein Killer, insbesondere von Nutztieren ist, ist er für den anderen fast ein Freund des Menschen, ein Stück wiedererlangter Wildnis in einer sehr verarmten Natur.

Ich möchte nicht den Eindruck erwecken, dass ich nicht voll und ganz hinter der Anklage stehe.

Ich möchte meinen Beitrag dazu leisten, Hyperions Vision zur Wirklichkeit zu machen, wobei ich etwas kleingeistig hinzufüge, dass die Blume uns Luft zum Atmen lassen sollte und der Garten nicht Teil eines Sanatoriums für Depressive und anderweitige Kranke ist.

Die Wirkung eines Gartens alleine schützt nicht vor Leid. Aber es bleibt für mich natürlich so: Der Satz von Hölderlin ist unglaublich schön.

Man erlaube mir Dialektik und Widersprüche. Viele Wege führen nach Rom und man braucht nicht unbedingt den Besten; allerdings führen auch viele ins Abseits.

Die Klimakrise macht es nicht unbedingt empfehlenswert, den Regenwald abzuholzen und anzuzünden.

Wie kann man die Natur und Evolution auf die

Anklagebank bringen und sich gleichzeitig für den Erhalt der Regenwälder einsetzen? Was für die einen eine Art Paradies ist, ist für die anderen die grüne Hölle, aber dies sind nur Zuweisungen und beschreiben nur schlecht, was es wirklich ist.

Wollte ich in meinem Lambarene die lokalen Gorillas und Schimpansen zahnärztlich versorgen, wenn die Pein bei unseren Vettern groß war? Grassierte Covid schon bei ihnen, sodass wir sie mit Atemmasken ausstatteten? Ein Impfprogramm wäre sinnvoller. Aber was für absurde Gedanke. Sie sind verurteilt, in einer naturbelassenen Zone zu leben.

Um so höher entwickelt das Leben in der naturbelassenen Zone ist, um so größer ist sein Leid.

Ein Gorilla kann den Satz von Hölderlin nicht nachempfinden. Er kann ihm keinen Trost spenden, gleichwohl bin ich davon überzeugt, dass es neben uns manisch-depressive Affen gibt. Und ist der Satz des Hyperions auch Manie, so gehört er in die Lehrbücher, auf die Tablets der Menschheit.

Wieso erlaube ich mir diese Dialektik? Ich wollte nicht nur den Regenwald und die naturbelassenen Flächen erhalten, sondern verloren gegangenes Areal wiederherstellen.

Ich sympathisierte mit den Versuchen in den Niederlanden, Singapur und sonst wo Nahrungsmittel in überdimensionalen Gewächshäusern zu produzieren, die nicht in die Fläche gingen, sondern in die Höhe. Fleisch aus Fabriken. Fleisch aus Fabriken, aber nicht aus Schlachthöfen, sondern aus Nährtanks geerntet und wenn dies eine Arbeit ist, die entfremdet, dann bitte durch empfindungslose Roboter ausgeführt.

Das Kleinbäuerliche, traditionelle Vorgehen verdrängt in die Randzonen hin zu den naturbelassenen Zonen.

Ich habe mir diese Möglichkeit offengelassen, weil mir vielleicht einer darlegen kann, dass das Kleinbäuerliche zu einer erfüllten, nicht entfremdeten Lebensweise führt, aber ich fürchte, da wird etwas romantisiert, was an sich eine darbende, sehr harte Lebensweise ist.

Es riecht auch nach Imperialismus und Neokolonialismus. Vielleicht könnte man das Kleinbäuerliche erst durch zivilisatorische, technologische Unterstützung erträglich machen.

Viel Unausgegorenes befindet sich in meinem Hirn, aber das gehört zu der Vorbereitung zum Prozess, zum Doppelprozess.

Ich habe immer noch nicht gelernt zwischen ihnen zu trennen. Sind wir Menschen dazu geeignet, über unsere Bestimmung zu entscheiden. Dürfen wir radikal in die Schöpfung eingreifen, als ein Experiment mit letztendlich unabsehbaren Folgen?

Ich kann entgegnen, dass es nicht ein Experiment ist, sondern sehr, sehr viele und aus den gescheiterten kann man lernen oder führt die Genmanipulation einer einzigen Pflanzenart zur Katastrophe? Sind die großen Regenwälder, die wie eine feige Inkonsequenz erscheinen, eine Absicherung für mich, für den Fall, die gottlose Zivilisation, die sich der Natur entledigt hat, scheitert? Inwieweit braucht der Mensch die Natur oder braucht er nur Parklandschaften? Sollen Wölfe durch die Parklandschaften streifen, wenn es denn Singvögel, Eichhörnchen und Rehe tun? Oder soll ich auf den Ökotourismus verweisen, der uns dann alljährlich zur Verfügung steht, um wahre Natur zu tanken.

Ökotourismus für alle ist völlig unmöglich, es sei denn, die Menschheit wäre auf wenige Millionen geschrumpft. Ökotourismus ist eine eher unangenehme Krücke, die hilft, die Regenwälder zu erhalten.

Aus ihm entwickelt sich ein ungeheures Anspruchsdenken, rettet dem ein oder anderen Gorilla, Orang-Utan oder Tiger aber das Leben. Ich frage mich, ob ich meine Vorliebe für Regenwälder während des Prozesses verschweigen soll, aber man kennt meine Biografie.

Das Kästchen.
Wie so oft rang ich mit dem Schlaf. Es war natürlich
dunkel und ich stellte verzweifelt fest, dass ich unbedingt
ein Kästchen benötigte, aber wo es genau war, wusste ich
nicht, es war mir entschwunden.
Es hatte sich schon größere Angst entwickelt, bis ich
feststellen musste oder viel mehr postulierte, dass das
Kästchen gar nicht existierte. Damit war ich dann wach,
Licht, und ich empfand meine Umwelt als eine mit
größeren Gewissheiten.
Zwei Anmerkungen: mit Demenz würden diese Zustände
bestimmt nicht besser und wieso wird die Schlafstätte, ein
Platz und eine Zeit, die Erholung bringen sollen, zum Ort
von Angst und Panik? Alpträume sind nur die Spitze des
Eisbergs.
Haben die früheren Menschen in Höhlen geschlafen?
Waren sie da nicht sicher vor äußeren Feinden?
Vor manchen Krankheiten ist man nirgendwo sicher und
vor Corona wäre ich sicher, wenn ich mich in meinem
Haus verstecken würde.
Die Angst ist die eine Seite des Kästchens, die andere
Seite ist seine Nicht-Existenz. Das Kästchen war nur
gedacht.
Wir haben im Kopf eine Vorstellung von der Welt, die
teilweise darauf beruht, was wir mit den Sinnen
wahrnehmen, aber wir können nur unsere Umgebung

wahrnehmen und eine kleine Auswahl von Bildern vom Rest. Im Prinzip muss man sich die Welt zusammen denken.

Die Vorstellung von der Welt ist nicht die Welt und in diese Vorstellung schleichen sich jede Menge Kästchen ein, die nicht existieren, und die das Glück der Existenz haben, sind anders, als wie man sie sich denkt.

Rede ich mit jemanden über die Welt, so reden wir nicht über das gleiche. Das gilt natürlich auch über beliebige Teilmengen der Welt und selbst Experten und Spezialisten sprechen nicht über das gleiche, vielleicht noch Mathematiker, die über klar definierte Objekte reden, aber an sich haben sie trotz eindeutiger Definitionen unterschiedliche Vorstellungen.

Trotzdem scheinen die Menschen in ihren Gruppen und Gemeinschaften ein großes Bedürfnis nach Gemeinschaft zu haben und glauben an die gemeinsame Vorstellung, sie glauben zum Beispiel an den gleichen Gott, ein besonders großes Kästchen, dass nicht existiert.

Nur die Ungläubigen, die Anderen, haben einen anderen Gott, der in diese Weise nicht existieren kann.

Religionsversöhner legen Wert darauf, dass wir alle den gleichen Gott haben, ihn aber unterschiedlich verehren.

Mir kommt es allerdings so vor, dass zwischen dem jüdischen Gott und Lord Shiva der hinduistischen Religion größte Unterschiede vorherrschen, letzterer ist keinesfalls allmächtig.

Meine Anklage gegen den abrahamitischen Gott ist geradliniger, weil es in diesem Fall klar ist, dass er letztendlich für alles Leid, Leid im weitesten Sinne, verantwortlich ist.

Ein Prozess gegen Shiva wäre schwieriger zu führen, es hätte allerdings schon eine andere Qualität, als gegen einen afrikanischen Rebellenchef zu klagen, der für sich

Kinder morden ließ und Vergewaltigung flächendeckend
als ein Mittel der Einschüchterung einsetzte.

Ich begrüße die Sommerzeit, die Zeitumstellung, aber
extrem müde. Wieder ein Corona-Traum, diesmal traf es
einen Freund, der starke Erkältungssymptome zeigte, aber
den von mir angebotenen Selbsttest ablehnte und zur
Arbeit fuhr, mit dem Fahrrad. Im realen Leben würde er
anders entscheiden.
Im Traum bin ich schon mit Astra Zenica geimpft worden,
im realen Leben darf ich noch warten, warten auf mehr
Sicherheit, um mein müdes Leben fortführen zu können.
Ich glaube nicht mehr an den Sieg über mein persönliches
Leid, aber ich hoffe, dass Leid der Späteren wird gebannt
und ich bin ein Soldat in diesem Krieg, der konsequent
durchdacht und geführt werden muss, ein Krieg gegen
Bazillen und Viren, gegen Krebszellen, schädliche
Ablagerungen in den Strömen unserer Blutbahnen und
den Strömen der Welt, Krieg gegen die systemimmanent
kranken Hirnteile, die die psychischen Nöte der Welt
gebären.
Es scheint mir wie ein endloser Krieg, dessen Ende ich
hier mit Sicherheit nicht erleben werde und dessen
Ausgang nicht sicher ist.
Wird die Dämonin Entropie nicht schließlich alles
vernichten? Sätze über sie entstammen dem 19.
Jahrhundert.
Mir scheint, dass es im Universum so etwas wie
Schöpfung gibt und zumindest kann es wohl die

Schöpfung aus Zufall geben, aber dann läge der zeitliche Anteil der Existenz von Strukturiertem bei null Prozent, auf die gesamte Zeit von irgendeiner Zeit umgelegt, aber man bedenke auch, dass der Zeitbegriff nur einen Sinn macht bei strukturiert Dynamischen.

Die Götter, die uns folgen und die uns vorausgingen sollen die Entropie auf ihre Agenda nehmen, im Kampf gegen sie würde ich mich doch überheben.

Was fühlten Selbstmordattentäter, japanische Kamikaze vor ihrem letzten Einsatz?

Wie wichtig ist ihnen der Sieg oder machten sie es, weil man es von ihnen verlangte?

Ich habe keine zehn Bier getrunken und schwadroniere nicht besoffen in einer Kneipe unter meinen besoffenen Freunden, die mir selbstverständlich widersprechen.

Kann der Sinn des Lebens darin legen, imaginäre, surrealistische Prozesse zu führen oder gilt der Satz, ein Tag ohne Blow Job ist sinnlos, wobei man letzteren Satz für Frauen abwandeln müsste, aber er bleibt natürlich im Kern chauvinistisch.

Doch nicht ausgeschlafen und schon alt morgens sehr früh aufzustehen, die Tiere ein erstes Mal versorgen, aufs Wetter hoffen, Sonnenstrahlen und die anstrengende Arbeit, das Kreuz schmerzt schon, die Gebete, die warme Mahlzeit, die Frau, die was hat und Denken mit Gottvertrauen, alles ist gut und morgen ist ein neuer Tag. Die Details fehlen, die Katastrophen fehlen, aber dunkle Wolken können daran erinnern.

Während der schweren Arbeit hat der Bauer viele Gedanken, konkretes der Zeit, allgemeines, dass sich wie die Wetterlage wiederholt und wäre da nicht sein Glaube, wäre er da nicht gebrochener?

Der Revolutionär muss sich aus praktischen Gründen, aber auch aus ethischen fragen, ob die Zeit reif oder

besser gesagt geeignet für eine Revolution ist.
Ich sehe die Menschen in Indien im Spannungsfeld von
Bollywood und hinduistischen Traditionen.

Wir trinken weiter Bier in der Runde, der Konsens mit
den Freunden ist über die Jahre verschwunden, beim Wein
wird man versöhnlicher.

Ich möchte nicht sagen, dass ich den background meiner
jetzigen Arbeit in früheren Runden angesoffen habe und
ich denke, dass ich mir meine Kästchen nicht schön
gesoffen habe, aber in diesen Tagen gehe ich meine Arbeit
mit größerer Nüchternheit an. Ich versuche klar zu sehen
und verdränge, dass ich von Kästchen umzingelt bin,
werde mir aber meiner Brille bewusst, durch die ich
meinen Ausschnitt der Welt betrachte und denke auch
daran, dass ich mit ihr der Evolution ein Schnippchen
geschlagen habe. Mit den Brillen hat sich die
Kurzsichtigkeit vermehrt, weil man mit Kurzsichtigkeit
nicht mehr frühzeitig stirbt und trotz ihr eine Familie
gründen kann. Es geht dann doch um die Verringerung des
Selektionsdrucks.
Die Entwicklung der Art muss selbstverständlich frei sein,
etwas was möglich erscheint, wenn man wirklich frei ist.
Die Evolution probiert nur blind aus und die Selektion
entscheidet, was sich durchsetzt.
Hier zählt nur der Erfolg einer Art Reproduktion, aber
wenn man eine Selektion ins Spiel bringen will, muss sie
neben Arterhalt/Reproduktion auch die Qualität des
Lebens berücksichtigen.
Ohne eine steuernde Intelligenz, die dies im eigenen Wohl
in die Wege leitet, schafft die Natur das nicht. Die Natur
muss also entmachtet werden und wenn letztendlich diese
Intelligenz aus der Natur entstanden ist, so ist das, wie

wenn ein neuer Götterchef seinen Vater vom Thron gestoßen hat.

Der Prozess, den ich führen möchte, ist ein Schritt zur Bildung der Intelligenz, die die ursprüngliche Evolution entmachtet. Transhumanismus gedacht als Transevolution. Ich sehe schon, wie man mich als Dr. Frankenstein begrüßt.

Ich ziehe den Hut!

Hochmut kommt vor dem Fall, aber waren wir nicht schon mit Adam und Eva gefallen?

Lieber Gerrit!

Ich wünschte, wir könnten uns sehen, aber in diesen
Zeiten ist das ein schwieriges Unterfangen. Die gut 250
km, die unsere Wohnsitze trennen, waren ja schon lange
ein Hindernis, aber zudem sind ja nun die Grenzen
praktisch geschlossen, zumindest für den privaten
Verkehr.

Wie gerne würde ich mich in meinen neuen ID3, ein
elektrischer Volkswagen, setzen, um nach Utrecht zu
fahren. Ich mag deine Stadt.

Den Wagen habe ich seit einer Woche und er hat
vorübergehend meine Befindlichkeit verbessert. In
Facebook habe ich ein Bild von ihm gepostet, aber du bist
ja nicht bei Facebook und Zuckerberg ist dein Feind.

Da du ja auch nicht unbedingt ein Fan von Autos bist,
habe ich es unterlassen, Bilder im Anhang beizufügen.

Wir könnten telefonieren, aber ein Freund des
Telefonierens bist du ja auch nicht.

Ich habe tatsächlich überlegt, statt der E-Mail einen
konventionellen Brief zu schicken, aber die E-Mail ist
immerhin verschlüsselt, nur du kannst die mail lesen,
denn nur du hast den key.

Ich hoffe deine Paranoia suggeriert dir nichts anderes. Ich
hoffe, die Paranoia verzieht sich in die hinterste Ecke
deines Hirnes.

Ich fand es gut, wie offen du in deinem letzten Brief über

deine Probleme mit dem Schnee, über deine Abstürze und die Paranoia berichtet hast.

Schon als junger Erwachsener hast du ja dazu tendiert. Ich erinnere mich gut daran, wie faszinierend du Verschwörungstheorien fandest. Wer an Verschwörungstheorien glaubt, hat mit Sicherheit eine paranoide Ader und wer Verschwörungstheorien verbreitet erzeugt Argwohn, auch Argwohn gegen sich selbst.

Die Sucht nach dem Schnee verstärkte die Probleme. Der Schnee macht dir Mut und ist die Wirkung verflogen, herrscht Angst, Minderwertigkeit und Paranoia, so jedenfalls das Vorurteil.

Ich kenne das zum Teil, fühle auch Angst, wenn ich meinen Angstlöser, den ich als Schlafmittel missbrauche, absetze, obwohl es ist keine Angst, die auf eine äußere Gefahr bezogen ist, es sind Ängste, wie im Bett nicht mehr atmen zu können.

Oder ist der Hypochonder eine besondere Gattung von Paranoiker, der sich von einem inneren Feind, der in seinem eigenen Körper steckt, bedroht fühlt. In den Zeiten der Pandemie haben Hypochonder Konjunktur.

Glücklicherweise beschert mein Angstlöser, mit dem man gut relaxen könnte, hin und wieder ein depressives Gefühl, was bei deinem Schnee wohl kaum der Fall sein wird und ich bin nicht zu verführt, es zu oft zu nehmen. Meist nehme ich es bei Termindruck oder hartnäckigen Schlafschwierigkeiten, aber die habe ich ja nicht selten.

Du solltest dich in ärztlicher Behandlung geben, aber du misstraust ja dem Arzt, er könne ja zu denen gehören, die dich ausschalten wollen.

Du bist ein geachteter Bürger der Niederlande, jedenfalls die Steuern, die zu zahlst, sollten reichen. Du bist kein Terrorist, den man neutralisieren will. Du verbreitest keine Verschwörungstheorien in den social media, höchstens im engen privaten Kreis.

Vertraust du eigentlich deinem Dealer oder hast du inzwischen ein Kit, um die Bestandteile deines Schnees zu analysieren?

Verzeih mir diesen spontanen Gedanken.

Deine Gedanken zum Pandemieregime, über den Umweg der Pandemie könne sich ein Neofaschismus etablieren, nehme ich durchaus ernst.

Wie leicht werden nun nächtliche Ausgangssperren ausgesprochen, Hubschrauber fliegen über die Wohngebiete und Ordnungshüter sind in ihrem Element.

Diese Zeiten sind ein Beispiel, wie leicht der Staat seine Bevölkerung gängeln kann. Berauschen sich Politiker an ihrer Macht?

Man müsste nur eine Folge von Notständen implantieren und die Gesellschaft würde permanent unter faschistischen Verhältnissen leben. Können Wahlen diese noch legitimieren?

Die Volksrepublik China könnte sich auf einen permanenten Notstand berufen, ist doch ein großer Teil ihrer Bevölkerung noch bettelarm.

Wäre die Klimakrise ein Vorwand für eine Ökodiktatur?

Ich vermute, ich schreibe das, was du denkst, nur werde ich nicht so viele Details erwähnen, die du dir gedacht hast.

Du bist der friedliche Anarchist geblieben, der du schon in unserer späten Jugend warst. Wir waren beide Sympathisanten der Graswurzelbewegung, ein Terrorkalkül, wie die RAF es hatte, war uns fremd.

Ich muss schon sagen, die Graswurzelbewegung passt nur schwerlich mit Schnee zusammen, aber Schubladen passen auch selten.

Damals, im ersten kalten Krieg war die Kritik am Staat ja schon durchaus berechtigt, weil wir unter dem Eindruck standen, dass von ihm die größte Gefahr für unser Leben ausging. War die Angst vor dem Atomkrieg nicht berechtigt?

Die Atombombe hatte mich zum pazifistischen Anarchisten gemacht. Nimmt man den Ersten Weltkrieg, findet man auch genug Argumente für den Anarchismus. Zu einem Teil bin ich ein Realist geworden und man darf die zivilisatorischen Errungenschaften, die durch den Staat entstehen, nicht unterschätzen.

Damals fragte ich mich, wie die Welt wäre, gefüllt mit Gebilden wie Luxemburg. Könnte es dann noch Weltkriege geben?

Inzwischen könnte man von einem zweiten kalten Krieg sprechen, aber ich tue mich schwer, zu meinen Überzeugungen meiner Jugend zurückzugelangen.

Auch das Pandemieregime hat seine Berechtigung, genauso gut wie Enteignungen bei Hungerkatastrophen, die es nie gegeben hat und die nie durchsetzbar waren. Man schafft es hierzulande ja noch nicht mal, eine Vermögenssteuer einzuführen.

Die Pandemie hat die Beweglichkeit der Politik gezeigt. Ich habe eine Entwicklung gemacht: vom friedlichen Anarchisten, zum Anarchisten in der inneren Emigration, der brav die SPD oder die Grünen wählt, bis hin zum Realisten, der sich nun fragt, in welche staatstragende Partei er eintreten soll?

Andererseits habe ich nun Gegner, die weitaus größer sind als das Kapital, der faschistische oder imperialistische Staat, es sind imaginäre Gegner oder wie würdest du Gott auf der einen Seite und die Evolution auf der anderen Seite wähnen? Wäre nicht die Pandemie, wäre ich in der letzten Zeit öfters in Den Haag gewesen, Gelegenheit, auch einen Abstecher nach Utrecht zu machen, um mit dir belgisches Bier zu trinken, obwohl ich muss sagen, mir

bekommt der Alkohol nicht mehr so gut wie früher. Liegt wohl am fortgeschrittenen Alter und überall spielt die Pandemie eine Rolle. Ich glaube diesmal würde ich mich nicht zum Schneetreiben verführen lassen :-).
Mir reicht der Geschmack deiner Biere und die betäubend anregende Wirkung in deinem Dabei sein.
Du hast gelacht, als du meine ersten Ideen zu den Prozessen gehört hast, es war aber dann kein Witz.

– 13 -

Ich habe übrigens mit Amüsement deine Kurzgeschichte über die intelligente Tigerzivilisation gelesen und für einen Euro heruntergeladen.
Das Dilemma aufzuzeigen ist dir gut gelungen. Mir war der Tigerphilosoph Seneca durchaus sympathisch.
Die Tiger haben sich von einer Jägerkultur aufgrund eines sehr großen Bevölkerungswachstums zu einer Bauernkultur entwickelt, weil es effektiver war, Vieh zu züchten als Wild zu jagen. Seneca beschreibt wie sich eine Art „Humanismus" im Tigerdenken entwickelt hat, die allgemeinen Tigerrechte, aber alles bezieht sich nur auf die Tiger. Unnötige Kriege zwischen Tigernationen sollen vermieden werden.
Aber die Tiger sind grausam gegenüber ihrem Vieh.
Schließlich gibt es auf dem Tigerplaneten eine Milliarde Tiger, die einen täglichen Fleischkonsum haben, dem der Monatsdurchschnitt der Deutschen entspricht. Es droht der ökologische Kollaps.
Tiger können aber die Pflanzen, die sie für das Vieh züchten, nicht essen und nicht verdauen.
Seneca sinniert über die Möglichkeiten, die der Tigerzivilisation bleiben.
Ich weiß nicht, warum ich den Rahmen der Geschichte

39

hier beschreibe, kennst du ihn doch besser als ich.

Die Tiger haben erste Erfolge bei Genmanipulationen gehabt, aber ihr eigenes Erbgut ist unantastbar, sie dürfen sich nicht zu Pflanzenfresser machen. Synthetisches Fleisch ist vielleicht eine Option für die Zukunft. Eine drastische Reduktion der Tigerpopulation ist nicht möglich.

Du siehst, ich habe deine Geschichte vom Tigerplaneten gelesen. Sie ist irgendwo tragisch komisch, aber ich weiß nicht genau, wie ich sie interpretieren soll und ob es eine Moral der Geschichte gibt Was wollte der Autor sagen? Ich für meinen Teil hoffe, dass Tigerplaneten im Universum eher selten sind und der überwiegende Teil der intelligenten Spezies Pflanzenfresser sind, aber natürlich, empfindsame Pflanzen kann man auch nicht ausschließen.

Die Tiger waren nicht intelligent genug, frühzeitig eine Geburtenkontrolle einzuführen, um ihr nachhaltiges Jagen beizubehalten. Jetzt gibt es nur die Flucht nach vorne.

Die Geschichte spielt mir sozusagen in die Hände. Auch wenn die Menschen die Wahl zwischen Fleisch und Gemüse haben, so müssen die Menschen an ihr Genom ran, um Leid zu verhindern. Bei den Tigern ist es offensichtlich, es droht der Kollaps und das Vieh leidet.

Die Sozialrevolutionäre des 19. Jahrhundert hatten die Armut und die Ausbeutung im Auge, nicht aber sosehr die Krankheiten, die man als naturgegeben empfand. Sie waren natürlich für eine Krankenversorgung für alle. Aber neben den Ausbeutern sind auch bestimmte Viren Feinde der Gesellschaft, sogar unsere eigenen Körperzellen sind unsere potenziellen Feinde, weil sie sich zu Krebszellen transformieren können, weil sie zu Siechtum im Alter führen.

Der liebe Gott oder die Evolution haben dieses System etabliert, sie sind die Produzenten von Leid, sie gehören auf die Anklagebank, sie sind schuldig im Sinne der Anklage.

Vielleicht generierst du dir durch die Tigerplanetenfabel das Recht Fleisch zu essen, weil du dir sagst, die Natur hat es so gewollt.

Die Anklagen führen natürlich nur zu imaginären Prozessen, die das Gericht vermutlich nicht durchführen würde, wenn es nicht dafür bezahlt würde. Der Prozess gegen Gott ist natürlich auch ein politischer Prozess, denn in wie vielen Staaten sind Religion und Staatsräson so verwoben, dass er als ein Angriff auf die Macht im Staate und auf die Gesellschaft gedeutet werden kann. Möglicherweise wird es Aufrufe geben, mich zu ermorden. :-)

Ziele der Prozesse: für den ersten, um dem Atheismus eine Schaubühne zu geben, um für ihn zu werben. Das kann man auch anders machen, wirst du vielleicht einwenden, mit guten Filmen, mit guten Büchern. Aber es war nur konsequent, wenn die Evolution auf die Anklagebank kommt, ihre Alternative, Gott, ebenso anzuklagen. Wurde meines Wissens auch noch nie wirklich gemacht, aber wie oft wurde der Gedanke gedacht: „Ich klage dich an, Gott!" Aber gebetet wurde häufiger.

Das müsste doch auch dem dümmsten Gläubigen klar sein: Wenn Gott verantwortlich für die Schöpfung ist, dann ist er auch für alles Leid auf der Welt verantwortlich. Ich weiß nicht, wie ich mir das Paradies von Adam und Eva vorstellen soll, aber vom Baum der Erkenntnis einen Apfel verbotenerweise zu nehmen, kommt mir vor wie ein Verstoß gegen ein Drogengesetz in einem südostasiatischen Staat; dafür die gesamte Menschheit zu verfluchen, die Erbsünde, scheint mir doch sehr tyrannisch zu sein. Und was bedeutet Erbsünde? Etwa das

man Krankheiten kriegen kann?
Krankheiten haben selbst die Heiligen nicht verschont.
Wenn es im Paradies keine Krankheiten und Schmerzen
gab, dann hat sie Gott mit dem Verstoß gemacht. Ich bin
ihm nicht unbedingt dankbar, in Sippenhaft genommen zu
werden. Gott hat die Menschen absichtlich krank
gemacht. Dafür gehört er nach Den Haag. Ich sehe dich
lachen.

Lieber Gerrit, ich habe dein Lächeln immer geliebt, deine
Umarmungen, deine Küsse. Ich fand unsere Beziehung
immer als etwas Besonderes.
Ich bin hier verdammt einsam, auch weil ich meine
Kneipen nicht mehr besuchen kann. Mir fehlt der
geringfügigste menschliche Kontakt. Warte darauf, dass
es besser wird.
Möglicherweise wirst du über unsere Aktion in der Presse
lesen, unsere Geldgeber werden schon für eine gewisse
publicity sorgen.
Möglicherweise fällt alles zusammen: die Prozesse und
die Möglichkeit, uns ohne größere Komplikationen zu
treffen. Die 260 km fahre ich gerne. Bevor dieser Brief
vom Umfang her ein kleiner Roman wird, schließe ich
hier. Würde mich über eine auch kleine Antwort von dir
freuen.
Liebe Grüße   Henry

Ich versuche mein Tagesgeschäft wieder aufzunehmen.
Dazu gehören auch kurze Spaziergänge, bei denen ich
versuche, mich auf das Anstehende zu konzentrieren, was
mir meist nicht gelingt. Mache immer einen Bogen um die
Passanten, die mir zu nahe kommen könnten. Manchmal
komme ich mir vor wie in einer Dystopie, in der
Virologen und Ärzte die Macht übernommen haben. Und
immer wieder der Spruch: „Bleiben Sie gesund!" Das ist
typisch Neusprech und könnte 1984 oder Brave New
World entnommen sein.
In gewisser Weise arbeitet die Pandemiebewältigung
meiner Bewegung in die Hände. Eine Null-Covid-
Strategie wäre im Prinzip eine Kein-Leid-Strategie. Die
Kein-Leid-Strategie dürfte aber nicht zur Vereinsamung,
Wohnungsklaustrophobie, Beklemmung und Koller dieser
Art führen, auch nicht zu Insolvenzen.
Die Reihenfolge steht: zuerst kommt Gott auf die
Anklagebank, der Prozess soll drei Tage dauern.
Zwei Wochen später muss es zur Verurteilung der
Evolution kommen. Die Chancen stehen nicht gut, die
Richter sind durch die Anklage überfordert, sie sind durch
den Zeitgeist befangen und der ist weder sonderlich
atheistisch noch transhumanistisch.
Ich bin mir bewusst, es sind gekaufte Prozesse, aber da
das hohe Gericht unbestechlich ist, wird es zu keinen
gekauften Urteilen kommen, und das ist mir auch sehr
recht.
Trotz schlechter Aussichten muss ich an einer
überzeugenden Rhetorik arbeiten. Ich müsste Zeugen

benennen. Vielleicht ist der eine oder andere Bischof für den Spaß zu haben, meinetwegen auch ein Jesuitenmönch, ein Rabbi; Buddhisten sind willkommen.

Zweifle daran, dass islamische Geistliche sich überhaupt darauf einlassen.

So schnell werde ich keinen coolen Imam organisieren können.

Die Zeugen im Prozess gegen Gott sind vielleicht auch nützlich im Prozess gegen die Evolution.

Für deren Anklage Zeugen, die sich für drastische Lebensverlängerung aussprechen und daran forschen, Wissenschaftler, die sich trauen, sich gegen das Tabu, am menschlichen Genom zu arbeiten, zu stellen, dagegen welche, die Ethikräten entstammen und den Status Quo vertreten.

Für ihr Erscheinen müssen wir, ähnlich wie bei Gästen von Talkshows, Geld locker machen; es ist nicht mein Geld.

Ich muss betonen, dass wir die Zeugen nicht kaufen wollen, nur ihr Erscheinen.

Ich bin schon erstaunt, wie viel Geld in die Hand genommen wird, und dass ich die Anklagen führen darf, freut mich natürlich.

Die ersten Hassbotschaften habe ich auf Facebook schon bekommen, nachdem ich die Projekte ausführlich vorgestellt habe. Aber ausgelacht wurde ich mehr. Viele regen sich darüber auf, dass das Gericht in Den Haag sich darauf überhaupt einlässt, was ja keineswegs sicher ist und sehen sich in einer alternativen Realität. Der Zuspruch, den ich bekomme, macht etwa zwanzig Prozent aus.

Es wurde nicht so an die große Glocke gehängt, dass die HDO auch die Zeugen für ihr Erscheinen bezahlen will, aber wie auch alles sein wird, ich fürchte bittere, höhnische Kommentare in der Presse. Bisher gabs nur wenig.

Leider kenne ich mich mit den indischen Religionen überhaupt nicht aus, aber mir scheint da das Leid der Menschen, der Tiere festgeschrieben zu sein und zur Welt zu gehören. Ein Sammelsurium von Gottheiten muss dafür verantwortlich sein. Ich werde Inder nie verstehen, vielleicht dann doch eher Chinesen.

Die Presse wird sich auch darüber ereifern, dass fragwürdige Superreiche für lächerliche, imaginäre Prozesse Geld ausgeben, statt Geld in wirtschaftlichen Aufbau von Katastrophengebiete zu stecken. Das sollten meine Freunde von der HDO auch tun, aber das eigene Hemd ist einem immer am nächsten.

Wenn Zuckerberg in Krebsforschung investiert, kommt das möglicherweise der ganzen Menschheit zu Gute, aber ihm selber und seiner Familie auch.

Möglicherweise verliere ich meine Reputation als linker Anwalt, aber ich stehe voll und ganz hinter diesen Anklagen. Es gibt, welche, die sehen mich nun als Irren an, aber dies ist keine Kopfgeburt eines Demenzkranken, sondern es formt sich, und das hat mit Verschwörungstheorie gar nichts zu tun, eine Bewegung bei Intellektuellen, Wissenschaftlern und Finanziers des New Business (was so neu dann auch wieder nicht ist), die der Evolution das Heft aus der Hand nehmen will und man sollte diese Leute ernst nehmen.

Ich kann nicht annehmen, dass Elon Musk in der nächsten Woche mir die Hand schütteln wird, aber möglicherweise hat er den einen oder anderen Bitcoin in die Organisation gesteckt, die Finanzierung ist nicht gerade transparent.

Ich glaube Musk sagt, was er denkt, zumindest was seine Philosophie betrifft, er hat ja auch schon so skurrile Dinge wie das wir alle simuliert, Produkt eines Computers sind, formuliert. Er traut sich also.

Im Übrigen werden die Argumente gegen gentechnische Verlängerung der Lebensspanne von Mäusen und Affen dünn ausfallen. Und hat man den ersten Gibbon, der nicht altert, ist das ein Dammbruch. Bei Tierexperimenten, insbesondere welche mit Affen, gilt natürlich äußerste Vorsicht. Eigentlich bin ich dagegen.

- 15 -

Gesten Abend spät eine aktuelle Dokumentation über Schimpansen und Bonobos gesehen. Es ging über die gemeinsame Evolution von Gefühlen, Empathie und ähnliches. Bilder einer alten, sterbenden Äffin, die einen menschlichen Freund umarmt.

Der Film bestach auch mit Fotos von Primatengesichtern. Schaute ich in ihre Augen, schaute ich in meine Vergangenheit.

Sollen sich die Menschen in Superwesen verwandeln? Nicht in Superhelden, die wir in den blockbuster der Privatkanäle bei einer Tüte oder Flasche Bier agieren sehen können, sondern in Wesen, die von keiner Krankheit mehr bedroht werden, nicht mehr von sich selber, die keine Ängste kennen, verhungern zu müssen, eine Spezies in völliger Freiheit, praktisch ohne Leid. Wenn dann nur „philosophischem" Leid und vielleicht manchmal einer gewissen Langeweile ausgesetzt, die gesellschaftlich nicht als Krankheit definiert ist.

Wie ungerecht gegenüber den Primaten, die in ihren Regenwäldern weiter um ihr Überleben kämpfen müssen, ihr Ebola haben oder vereiterte Zähne.

Die Regenwälder und Savannen sollen bleiben, ihre
Flächen sollen wieder wachsen und die Evolution soll sich
in ihnen austoben.
Die kleinen Affen in den Städten dürfen dann aber zum
Tierarzt, fiel mir ein.
Es gibt zurzeit eine starke politische Bewegung auf der
Welt, die sich für den Erhalt der Regenwälder einsetzt.
Für diese ist Artenvielfalt und Evolution das Größte.
Der Transhumanismus darf sich mit dieser Bewegung
nicht anlegen. Es ist ein dialektischer Kniff, die eigene
natürliche Evolution zu manipulieren, eingebettet in einer
Natur, in der Fauna und Flora sich frei entwickelt, ein
Raum, in dem sich die Natur austobt.
.

Gibt es die, die die natürliche Biologie völlig abschaffen
wollen? Diese sollen sich auf dem Mars oder einen
Jupitermond verziehen oder auf riesige Raumstationen,
künstliche Umgebungen von Anfang an.
Ich mag inkonsequent erscheinen, aber ich möchte auf
diese Dialektik nicht verzichten, brauche meine
Parklandschaften, in denen ich leben und atmen kann, will
den Gegenentwurf zu einer völlig manipulierten Welt
bestehen lassen und wegen mir können dort auch
Menschen leben, die es für richtig finden, natürlich zu
sein, die es richtig finden, dass sie krank und nicht so alt
werden und mit einem frühen Tod kein Problem haben.
Wird es dann noch Janomamis, Pygmäen, Dayaks
(Indigene Borneos) oder ursprüngliche Papuas geben.
Janomamis waren eigentlich keine Janomamis mehr,
nachdem sie mit der sogenannten Zivilisation in Kontakt
getreten waren.
Ich träume mich in meine Welt, die in hundert Jahren
schon Wirklichkeit sein könnte. Ich träume, aber
eigentlich müsste ich arbeiten. Mit Träumerei kann ich

keinen Prozess gewinnen.

Ich muss die Anfangstatements ausformulieren. Ich muss ausgefeilte Ansprachen halten.

Ich brauche allerdings auch die Utopie, denn diese Anklagen haben nur Sinn, wenn es Alternativen zum Bestehenden gibt. Einführend Plädoyers, abschließende, die aber einfließen lassen sollten, was die Zeugen von sich gaben. Fragen an die Zeugen müssen formuliert werden, aber kann ich das nicht erst, wenn ich weiß, welche Zeugen zusagen?

Eine Bestandsaufnahme wie die Welt, die Schöpfung ist, gehört in den Gottesprozess. Das Christentum ist auch eine Religion des Leids, denn es ist eine Erlösungsreligion. Über zwei Jahrtausende wurden die Menschen mit einem paradiesischen Jenseits getröstet. Viele Christen glauben daran gar nicht mehr, inwieweit sie im eigentlichen Sinn noch Christen sind, sei dahingestellt.

Viele Theologen haben schon immer das Argument des freien Willens geführt, der Mensch sei selbstverantwortlich für sein Leben, aber inwieweit ganze Gesellschaften, die Armut und Krankheiten ausgesetzt sind, runtergebrochen aufs Individuum, eingebettet in einer göttlichen Ordnung, an der nicht gerührt werden darf, selbstverantwortlich für systemimmanentes Leid sein können, erschließt sich mir nicht.

Die Schöpfung jenseits des Paradieses ist eine Schöpfung des Leids. Nicht nur, ich weiß, aber auch.

Wozu die permanenten Wiedergeburten einer hinduistischen Seele in leidvolle Existenzen, die nur durch Auflösung aufgehoben werden kann? Die Welt, die die Götter erschufen, ist krank. Sie hätten es besser machen können.

Was soll die kurze Existenz auf diesem Planeten, wenn

danach ewiges Leben in einem Jenseits folgt? Seelenprüfung? Den bösen Seelen droht ewige Verdammnis, den guten Seelen in gewisser Weise ewiges Paradies. Die Menschen sündigen, haben aber trotzdem eine Chance. Wie viel Sünde ist Sünde zu viel? Gibt es das, dass einer minimal weniger gesündigt hat, aber dennoch ins Paradies gelangt und der andere nicht? Gibt es diese harte Grenze, wo doch alles fließend ineinander übergeht? Alles Lüge!

Es scheint ja auch so, dass die moderne christliche Theologie sich von der Hölle verabschiedet hat. Man kann schlecht drohen, wenn einem die Mitglieder weglaufen. Ihre Theologie erscheint zunehmend nebulös. Es scheint so, dass das Unbestimmtheitsprinzip der Quantenmechanik nun auch für christliche Theologie gilt. Ihr Gott ist ein Gott der unterlassenen Hilfeleistung. Ein Gott, der sich in planetare Belange nicht einmischt. Es ist umstritten, gibt es ja auch die, die beten, damit Gott sie vor Unbill schützt. Er sollte sich einmischen, um das auszugleichen, was er mit seiner Schöpfung verkorkst hat. Aber Gott hat nie existiert, es ist nur eine Lüge, mit denen Religionsführer den Menschen eine Gehirnwäsche verpassen, einerseits um die herrschenden Verhältnisse zu stabilisieren, andererseits um moralisches Verhalten zu begründen und zu festigen, letzteres durchaus teilweise ehrenhaft. Ich werde diesen Prozess führen, so wahr mir Gott helfe.

– 16 -

Anklagen können zu Verurteilungen führen, Verurteilungen zu Strafen. Meine Prozesse können nicht zu Bestrafungen führen. Die Götter können nicht bestraft werden, weil sie nicht existieren. Man könnte ihre Handlanger hier auf Erden bestrafen, den Papst und die Bischöfe, die Ajatollahs, aber die Handlanger sind viel zu mächtig, um dies durchsetzen zu können, aber wären sie es nicht, wären sie nicht weiter relevant.

Die Evolution kann man ebenfalls nicht bestrafen, man kann teilweise ihre Macht beschneiden - im strengen Sinne natürlich nicht -, aber das interessiert die Evolution nicht. Sie kennt keine Interessen. Wenn man Gott irgendwie als Wesen begreifen kann, so gilt das nicht für die Evolution, obgleich sie ja in ihrer Wirkung ein und dasselbe Resultat haben.

Es gibt die Christen, die die Lehren Darwins leugnen, aber ihr Gott schafft die gleiche Welt wie die darwinistische Welt. Erst bei den Details und der funktionalen Ebene unterscheiden sie sich.

Die darwinistische Theorie ist stimmig, es ist eine der naturwissenschaftlichen Theorien, die ich sofort begriffen habe, da sind dann Quantenmechanik und auch Relativitätstheorie schwieriger zugänglich. Wenn es eine physikalische Theorie gibt, die in gewisser Weise der Evolutionstheorie ähnelt, dann ist es die klassische Thermodynamik. Man müsste aus ähnlichen Gründen wie gegen die Evolution einen Prozess gegen die Thermodynamik führen, aber ein Prozess gegen das Universum, weil es nicht das unendliche Schlaraffenland ist, lässt sich nicht vermitteln.

Das die Welt so ist, wie sie ist, sollte man akzeptieren und es ist schon kindisch, ein anderes Universum zu fordern. Ich denke an die Vielweltentheorie der Quantenmechanik, eher eine philosophische Interpretation als eine naturwissenschaftliche Theorie, da sie schlecht falsifizierbar ist. Nach dieser Theorie wird jede physikalische Möglichkeit auf atomarer Ebene durch eine Welt realisiert, vereinfacht ausgedrückt, und ich stelle mir vor, dass auch immer die „schlechteste" Möglichkeit realisiert wird, somit es auch Paralleluniversen gibt, die die Hölle pur sind. Das ist natürlich sehr anthropozentrisch gedacht. Mir scheint, dass der Fatalismus, der aus dieser philosophisch-physikalischen Sicht entspringen müsste, größer ist als der, der philosophischen Grundlagen des Hinduismus entstammt. Meine Prozesse sind antifatalistisch.

Die Evolution entwickelt sich nicht mit einem Ziel, sie ist nicht zielgerichtet und wenn Organismen zum Überleben ihrer Art immer weiter optimiert werden, ist nicht garantiert, dass die Art dennoch überlebt. Dieses gilt auch für die menschliche Art.

Die Evolution wirkt nicht zielgerichtet, die Entwicklung der Menschheit sollte aber zielgerichtet und gesteuert sein, von daher gibt es diesen fundamentalen Unterschied. (Grundsätzlich ist auch der intelligent steuernde Mensch immer den Gesetzen der Evolution unterworfen)

Zielgerichtet sollte aber nicht nur sein, was Menschen bezüglich ihrer Umwelt bewirken, sondern sie sollten auch zielgerichtet ihren eigenen Körper entwickeln, ohne dabei ethische und ästhetische Gesetze zu verletzten. Wer behindert oder krank ist, soll nicht Opfer von Raubtieren werden, wie das in der Natur üblich ist, niemand soll deswegen verhungern oder alleingelassen werden.

Der Mensch muss systematisch die Umwelt gestalten, aber das muss auch für ihn selbst gelten, in aller Vorsicht. Was spricht dagegen durch genetische Eingriffe, Krebs zu verhindern, durch solche Eingriffe das Altern von Zellen zu stoppen?

Man darf nicht in die Schöpfung eingreifen!

Man tut es längst, genmanipulierte Lebensmittel sind

Alltag in vielen Gesellschaften und die Katastrophen scheinen ausgeblieben zu sein. Der Effizienzgewinn ist enorm.

Aber möglicherweise kam Corona aus einem Labor, sagen dann die Verschwörungstheoretiker.

Auf die 2.Impfung mit dem Stoff von Biontech hatte ich
dann heftig angeschlagen. Freitags Mittag bekam ich die
Impfung. Nachmittags hatte ich noch ein bisschen in
Wikipedia editiert, im Laufe des Wochenendes konnte ich
nicht mehr arbeiten.

Laut der Daten in Wikipedia rechnete ich mir aus, dass zu
75 : 1 das Fieber und die Schlappheit durch die Impfung
verursacht worden war. Eine Bekannte in Oslo hatte es
mit Moderna noch schlimmer erwischt.

In zwei Wochen kann ich mich vielleicht wieder frei
bewegen, soweit die Richtung des Infektionsgeschehens
es zulässt. Ich kann nach Den Haag fahren, nach Utrecht
und mit Gerrit schmusen, falls er dazu überhaupt Bock
hat.

Die Antwort von Gerrit war eher dünn und dann doch
enttäuschend.

Ich könnte mir vorstellen, dass Gerrit ein paar jüngere
Liebhaber hat und das ist vielleicht das attraktivere Ding.
Möglicherweise bezahlt er sie direkt oder indirekt.

Gerrit und ich sind beide 65 und mein Altern hat mich zu
dem gemacht, was ich bin. Ich liebe das nicht. Das Altern
bringt nur wenige Vorteile, wenn man eine Grenze
überschritten hat. Ich hasse es.

Das Nicht-Altern würde aber nur teilweise Lösungen
bringen, auch wenn ich mich dafür einsetze, dass
Unsterblichkeitsforschung betrieben wird. Wobei die

Verwendung des Begriffs „unsterblich" übertrieben ist.
Ein Individuum, wie auch eine Art, muss irgendwann
sterben, das ist praktisch naturwissenschaftlich, im
Speziellen „thermodynamisch" bedingt, aber mir scheint,
es macht schon einen Unterschied, ob ich in zehn Jahren
sterbe oder in Tausend oder Hunderttausend Jahren.
Logiker könnten behaupten: tot ist tot und gegenüber der
Unendlichkeit bedeuten zehn Jahre oder hunderttausend
Jahre gar nichts.
Was ist die schönste Lebensphase in einer gewöhnlichen
menschlichen Lebensspanne? Mir scheint es die Jugend
zu sein, trotz all ihrer Irrungen, sexuellen Komplikationen
und auch Ängsten. Manchmal ist es auch die Kindheit.
Geht das? Ewige Jugend mit der Gelassenheit eines
Weisen?
Ich glaube, ich bin keineswegs dement, dennoch, mein
früheres Leben liegt größtenteils im Dunkeln. Die
Einzelerfahrungen scheinen praktisch alle weg zu sein.
Sicher kenne ich die Eckdaten in meinem Leben, aber ich
habe den Eindruck, wenn ich alles, was ich über mein
Leben weiß, in kurzen, prägnanten Sätzen aufschreiben
würde, kämen nicht mehr als 150 Seiten zusammen. Das
ist definitiv zu wenig. Man nennt das die „Verlorene
Zeit", man kann sich auf die Suche geben, aber all zu viel
wird man nicht finden.
Der transhumanistische Mensch hat da vielleicht größere
Chancen.
Ist eine Welt der greisen Weisen einer Welt der Jungen
vorzuziehen?
Die Weltbevölkerung wächst und ist insofern jung, aber
das darf sie nicht mehr lange, an sich wäre eine Ein-Kind-
Politik oder Anderthalb-Kind-Politik angesagt. Eine
gewisse Vergreisung folgt dann eh.
Nun ja, vielleicht will man Hundert Milliarden Menschen

in Weltraumstationen ansiedeln, aber das ist gewissermaßen auch schon transhumanistisch.
Ist Palliativmedizin transhumanistisch? Dass Menschen am Ende ihres Lebens größere Schmerzen und größere Ängste haben, ist Folge einer planlosen Evolution. Das Sedieren und Betäuben durch Opioide stellt nur eine Krücke dar und entspricht es der menschlichen Würde seine letzten Tage unter Drogen zu verleben?
Das ganze muss viel grundsätzlicher angegangen werden, als Menschheitsprojekt, transhumanistisch und ich hoffe, meine Anklage wird den geschätzten Naturwissenschaftlern vor Augen führen, dass ihre geliebte Evolution eine Menge Scheiß produziert hat.

– 18 -

In gewisser Weise hat die Pandemie mir die Augen geöffnet, was für ein kontakteingeschränkter Mensch ich bin. Ich habe immer unterschieden zwischen Menschen mit „gewöhnlichen" Kontakten und Menschen, die von oberflächlichen Kontakten eher befremdet sind, weil sie sich Tiefe erhoffen. Ich verstand mich nie auf small talk. Dieser fehlt mir nun mit meinen Nachbarn, zum anderem bin ich zusätzlich noch ängstlicher als die meisten Nachbarn.
Die staatliche Reglementierung, Propaganda oder Aufklärung hat es nicht geschafft, die oberflächlichen Kontakte zu brechen; die Menschen nehmen dann vielleicht die Pandemie doch nicht so ernst, wie die Maskendisziplin in Supermärkten und im anderen öffentlichen Raum vermuten lässt.

Supermarkt, eigentlich ein widerliches Wort. Supermärkte sind mein wesentlicher öffentlicher Raum, weitgehend anonym, obwohl ich in einem Vorort einer Stadt lebe. Die Masken verstärken die Anonymität und die Entfremdung, die Szenerie erinnert an dystopische Cover von King Crimson. Beginnt hier auch Transhumanismus? Werden wir immer diese Masken tragen?

Diese Wintersaison gab es in Deutschland so gut wie keine Grippe, keine tausende Grippetote wie sonst üblich. 2018 sollen es um die 20000 gewesen sein. Müssen wir auch demnächst wegen der Grippe Masken tragen?

Als Brillenträger habe ich mit der Maske an kühleren Tagen größere Sichtprobleme, vielleicht setze ich die Masken auch nur falsch auf.

Wenn die Brille auch ein Meilenstein in der Entwicklung des Transhumanismus bedeutet, stellen die Kontaktlinse und die Laseroperation weitere Fortschritte dar. Die Krücke ist ein transhumanistischer Fortschritt, ebenso der Rollator und der Rollstuhl, die aber an sich an die Gebrechlichkeit von Menschen erinnern, die ganz und gar nicht transhumanistisch ist.

Roboter übertrumpfen, was ihre Leistungsfähigkeit betrifft, in vielen Bereichen schon die Menschen. Ich stelle mir einen Mensch mit Roboterbeinen vor. Bei den Paralympics erreichen die Prothesenläufer fast die Bestmarken von Nichtbehinderten, beim Weitsprung haben sie schon Vorteile. Was für Entfremdungen erlebt ein Cyborg, bei dem fast nichts mehr natürlich ist?

Gibt es so etwas wie eine natürliche Umwelt und natürliche Lebensweise für Menschen und kommt es zu Entfremdungen, Neurosen, Isolation und Krankheit, wenn ich davon abweiche?

Warum gefallen uns Gewässer, wenn sie nicht gefährlich anschwellen? Warum gefällt einem die grüne Natur, die

Blumen?

Warum gefällt der Gesang von Vögeln?

Der natürliche Mensch in seiner natürlichen Umwelt hat nicht lange gelebt. Wann hat es die erste Hundertjährige gegeben? Vielleicht war es ein Orang-Utan.

Will ich mich wirklich zum Ankläger einer Bewegung machen, die die natürlichen Verhältnisse der Menschen völlig umkrempeln will? Ist es damit getan, dass die Menschen möglichst natürlich aussehen? Möglicherweise kommt es zum Design besonders schöner Menschen, schließlich zum Design von exzentrischen Auffälligkeiten: läge das nicht auch in der Natur des transhumanistischen Menschen? Wie naiv ist der Transhumanismus?

Das Leben ist generell kein Wünsch Dir was, aber so wollen wir es haben.

Kinderbauchschmerzen zählen mit zu den heftigsten Schmerzerfahrungen in meinem Leben. Als Transhumanist will ich sie nicht, aber inwieweit sind sie Teil eines komplexen Geflechts von Erfahrungen, die mich als Mensch prägen? Inwieweit sind Schmerzen und Ängste nötig für mein Menschsein?

– 19 -

Es gibt dann doch gewisse Zweifel, auch Selbstzweifel, die an mir nagen. Die Lösung der großen Menschheitsfragen war nie eindeutig; das ist den widersprüchlichen, bis zu paradoxen Bedingungen geschuldet, unter denen die Menschen leben.

Ich würde mich nicht als großes Licht bezeichnen, aber bestimmte Dinge scheinen eindeutig und klar zu sein. Der Mensch scheint die Chance zu haben, an bestimmten Stellschrauben zu drehen, die die Evolution nie hingekriegt hat, weil größtmögliches Glück, ausgedehnte Zufriedenheit nicht auf ihrer Agenda steht und nicht auf der von Gott, falls er denn doch existieren sollte.

Wenn ein allmächtiger Gott existiert, hat er seine Verurteilung verdient, und ich, das kleine Licht formuliere eine Anklageschrift, obgleich er mich denken lassen könnte, was er wollte. Wie kann ich es wagen, den großen Plan, sei er von Gott oder sei es ein kosmisches Prinzip, ausgeführt durch die Evolution, anzuzweifeln.

Ich scheine klar zu denken, aber womöglich befinde ich mich in wenigen Jahren schon im Irrlabyrinth von Demenz, in der mein Denken Wege nimmt, die man von Escherzeichnungen kennt.

Es ist eine besonders frustrierende und paradoxe Weise im Kreis zu laufen.

Ich maße mir an, zu sagen, dass vereiterte Zähne bei Gorillas im Regenwald, die heftig schmerzen, sinnlos sind. Diesen Gedanken formuliere ich erneut, angesichts des Umstands, dass ich morgen einen Zahnarzttermin habe. Mediziner, Biologen und selbstverständlich Ingenieure unterschiedlichster Art sind die Verbreiter des Transhumanismus, obgleich er mehrheitlich von ihnen und von ihren Organisationen abgelehnt wird. Jeder Chirurg wirkt ein bisschen transhumanistisch.

Die Zeiten der Pandemie haben gezeigt, wie schnell Wissenschaftler das Sagen haben können, auch die Klimakrise verschiebt gesellschaftliche Vorgaben in Richtung Wissenschaft.

Kommt tatsächlich eine Epoche, in denen rationale Vorgaben das politische Geschehen leiten, statt

Machterhalt, Machtvergrößerung und kurzfristiger Profit? Der beschränkte zeitliche Horizont war schon immer ein Problem, insbesondere für die Demokratie, die sich immer kurzfristig an den nächsten Wahlen orientiert.

Der eher zufällige Gau eines Atomkraftwerks in Japan und drei dann doch zufällige heiße Sommer haben anscheinend dazu geführt, dass das Wahlvolk in Deutschland zurzeit mehrheitlich zu grüner Politik tendiert.

Die Grünen sind nun wahrlich nicht die Speerspitze des Transhumanismus. Gentechnisch veränderte Lebensmittel, obgleich sie einen günstigen Einfluss auf die Klimaentwicklung haben können, werden nahezu verteufelt und man geht gerne zum Heilpraktiker.

Grüne wie auch viele Biologen sind vernarrt in die Evolution.

Artenvielfalt gilt als Garant für eine sichere Zukunft, weil im Umkehrschluss das Artensterben als das Vorzeichen der großen Krise gilt, in die die Menschheit mit Tempo hineinfährt.

Die Hotspots an Biodiversität sind gleichzeitig die Regionen, die für den natürlichen, aber vom Menschen kontrollierbaren CO_2-Haushalt der Erde mit am bedeutendsten sind.

Ich kann diese Biologen verstehen. Diese Biodiversität ist großartig, hervorgebracht durch die Evolution und nicht durch einen Schöpfergott, der kurze Hand alles Leben, das durch eine durch ihn verursachte Sintflut bedroht ist, auf eine kleine Arche bringen lässt. Wie naiv dieser alte abrahamitische Glauben!

In einem Land, in dem man von eigener Anschauung nur ein paar Haustiere, ein paar Nutztiere, ein Dutzend Vogelarten, ein paar Insekten und Spinnenarten, Kaninchen, Ratten, Mäuse und Igeln kennt und im Wald ganz selten Wild gesehen hat, bekommt man seinen eigenen kleinen Eindruck von Biodiversität durch die Naturfilme, die man gesehen hat.

Es gibt soviel, unermesslich viel Erstaunliches zwischen Himmel und Erde.

Ich bin absolut fasziniert, auch wenn ich nur ein winziges Bruchstückchen remote am Bildschirm erleben durfte.

Ich bin ganz eindeutig für Biodiversität auch in unserem Land, dafür, dass auch Wölfe in meinem Landkreis heimisch werden, auch Bären in den sehr dünn besiedelten Waldgebieten Deutschlands; es sind diese Symboltiere, die für das große Ganze stehen.

Ein Freund witzelte, man könne ja sibirische Tiger im Bayrischen Wald ansiedeln. Ganz geheuer war mir der Gedanke nicht, aber man könnte das mit Recht in den Kaukasuswäldern am Rande Europas tun, denn dort hat der Tiger vor hundert Jahren noch gelebt. Immerhin versucht man es dort mit Leoparden.

Ich denke, Corona sollte man unbedingt ausrotten.

Der Leopard wird Wild töten, eher seltener Menschen. Ich kann es nicht ändern und will es auch nicht ändern.

Das Gegenmodell, die Wildnis, muss neben der transhumanistischen, veganen Welt mit seinen Parks bestehen bleiben. So nur kann unsere Bewegung die vielen Biologen, deren Arbeit benötigt wird, auf unsere Seite ziehen.

Ich lebe im Spannungsverhältnis zwischen Ekel und Faszination. Das Leben, wie ich es kenne, hat ekelhafte Seiten, die nicht nur menschengemacht, sondern auch Teil unserer Biologie sind.

Manchmal frage ich mich in eher selbstkritischen Momenten, ob meine allgemeine Unzufriedenheit nicht mehr davon rührt, dass ich zu wenig Menschen umarme, zu wenig schmuse, zu wenig tiefe Gespräche führe. Zu

wenig Erleben, zu wenig Kontakt im Allgemeinen.
Dieses setting ist mit Sicherheit Nährboden für eine
radikale Kritik, die andere als spinnerte, dystopische und
ekelerregende Fantasien abtun würden und in der Tat
stelle ich bei ausgeglichenen Menschen solche Radikalität
nicht fest.
Als alternder Homosexueller mit geringster Attraktivität
hat die Evolution mir einen Strich durch die Rechnung
gemacht, mich ins Spiel zurückzubringen.
Ein nicht kleiner Hauch von Größenwahnsinn haftet an
unserer Bewegung, aber ich zeige mich störrisch.
In der Grundschule wurde ich mit einer Fabel
konfrontiert, in der der Mensch das Wetter bestimmen
darf; alles geht schief. Schon damals wollte ich nicht
einsehen, was daran schlecht wäre, wenn es nur Nachts
regnete.

Ich habe schon des Öfteren von den Verhandlungen geträumt. Gerichtsträume haben bei mir eine kleine Tradition. In frühen Jahren war ich immer der Angeklagte, meist schuldig, aber ich habe rhetorisch gewandte Verteidigungsreden gehalten, habe mich selbst übertroffen, was ich ansonsten in meinen Träumen nur selten tue.

Als Ankläger im Traum war ich dann eher behindert. Von den ersten beiden Träumen, die sich auf das aktuelle Projekt beziehen, habe ich nur noch vage Eindrücke. Sie liegen ein paar Wochen zurück, der letzte Traum vorgestern früh hinterlässt noch stärkere Spuren.

Es wurde tatsächlich in Den Haag verhandelt, aber der Verhandlungsort hatte wenig mit dem realen Gericht in Den Haag zu tun, das ich in den letzten Jahrzehnten mehrfach aufgesucht hatte. Vor allem wunderte ich mich, dass niemand eine Maske trug. Ich war mir nicht sicher, ob ich meine Maske, die mich etwas behinderte, absetzen sollte, sprach aber die ersten Worte mit Maske, etwas schüchtern, bedankte mich vor allem für das zahlreiche Erscheinen der Zeugen.

Die Anklageplätze waren leer, bei einem konnte man sehen, dass er für Gott reserviert war, der aber nicht erschienen war. Ich hätte mich vermutlich auch bei Gott für sein Erscheinen bedankt. Hätte er eine Maske getragen? Mit Sicherheit hätte er seine eigene Verteidigung geführt und ich wäre in einem rhetorischen

Feuerwerk untergegangen, was ich aber sowieso tat. Vielleicht hätte mich Gott auch in einen kleinen, sich windenden Wurm, der sich auf dem kalten Boden des Gerichtsgebäudes bewegt, verwandelt. Ein Wurm, der wartet, zertreten zu werden.

Ich konnte mir Gott nicht als stillen, alten Mann vorstellen, der geduldig sich die Worte der Anklage und Verteidigung mit ihren Zeugen anhörte. Ich stellte fest, dass ich selbst keine Zeugen benannt oder ausgewählt hatte, die die Standpunkte der Anklage unterstrichen und vor allem mit ihrem Expertenwissen die Möglichkeit eines transhumanistischen Lebens verdeutlichten. Ich war auf mich alleine gestellt, während die Verteidigung durch einen jüngeren Mann vertreten war, der sowohl ein führender Jesuit und gleichzeitig Doktor der Biologie war. Sein kurzes schwarzes Haar und sein eher weicher Gesichtsausdruck gefielen mir dann doch sehr. Ich betrachtete seine Hände und mir fiel ein, dass ich zu alt für diesen Mann war. Dennoch nahm ich meine Maske ab. Dieser Mann machte mir schnell klar, dass er mein Gegner war, einer, der mich ins Lächerliche zog. Während ich noch Bedürfnisse hatte, ihn zu umarmen, machte er mich lächerlich, pries indirekt Gott, indem er die Evolution pries, nannte mich anmaßend und dumm. Ich könne überhaupt nicht verstehen, wie alles miteinander verwoben sei, nannte meine transhumanistischen Ansätze mechanistisch, warnte vor einem blinden Forscherglauben und er machte das alles so geschickt, dass ich vollkommen sprachlos wurde.

Die maskenlosen Zeugen, die maskenlosen Richter starrten mich vernichtend an und Gott kam nicht, um mich in dieser Situation zu retten.

Ich wurde dann wach, fühlte noch die Niederlage, aber alles lag vor mir. Im nächsten Traum werde ich dem jugendlich aussehenden Shiva mit seinen vier Armen entgegentreten und mich in ihn unsterblich verlieben.

21

Ich sehne mich nach Dialogen, immerhin gab es das im Traum. Ich hab allerdings nicht den Nerv, jemanden anzurufen, könnte stören.

Inwieweit ist es für meine Bekannte und Freunde nachvollziehbar, dass ich ein Bedürfnis nach Gespräch habe und inwieweit interessiert sie das überhaupt? Manchmal scheint mir mein kleiner, engerer Bekanntenkreis eine falsche Bande von selbstgefälligen Autisten zu sein, die niemanden bedürfen. Nun gut, es stimmt: nicht jeder, der nicht einen Kontakt zu mir sucht, ist ein Autist.

Die Autistenbande kann in der Pandemie aufleben. Für mich macht sie schmerzlich Umstände bewusst, die vorher auch nicht doll entwickelt waren. Ein kontaktloser Anwalt, das geht gar nicht.

Die Pandemie hat mich nicht dazu geführt, Online-Kontakte zu verstärken und zu vertiefen, mehr Online-Schach zu spielen oder mich in social medias auszutoben. Ich hielt alles wie sonst und ich weiß genau, dass das Internet neben meinem Älterwerden zu meiner Vereinsamung beigetragen haben. Gerrit, der nun auch nicht mehr wie der immer junggebliebene Shiva aussieht und vier Arme hat er auch nie gehabt, stellt neben meinen Autistenfreunden eine Ausnahme dar, und zwei Arme haben auch gereicht, mir zu zeigen, wie wohl ich mich fühlen kann, wenn ich von der richtigen Person umarmt wurde.

Ich denke dann bei Gerrit mehr ans Umarmen als an die unendlich guten Dialoge, die sich im leicht berauschten Zustand mit ihm entwickeln können.

Meine Autistenfreunde benötigen jede Menge Alkohol, um ihre Autistenrolle zu vergessen. Bei mir gehts auch mit weniger.

Es ist immer noch unklar, ob der Prozess, wenn überhaupt, real oder im ungünstigen Fall als Chat geführt wird. Ich verfüge über die Videokonferenzsoftware, die auch Den Haag einsetzt, habe einen Jitsi-Client und meine EDV ist inzwischen auch mit Kamera ausgerüstet.

Wie im Traum fehlen mir noch meine Zeugen, die einerseits eine leuchtende transhumanistische Zukunft ausmalen können und das Expertenwissen mitbringen, um die Entwicklungsmöglichkeiten als glaubhaft erscheinen zu lassen. Ein Experte für Exoprothesen und Prothesen aller Art, Aubrey de Grey, als Experte für Lebensverlängerung und CRISPR-Experten, mit einem umfangreichen Wissen über menschliche Genetik und ihre komplexen Zusammenhänge, ein Experte für Photovoltaik und und …

Relativ schnell könnte ich eine Liste mit Experten zusammenstellen, unsere Geldgeber müssten aber einiges Geld in die Hand nehmen.

Für den Ist-Zustand fiel mir kein passender Philosoph ein und ich sehe mich schon in der Pflicht, die Rolle selbst zu übernehmen.

–

Die Anklage begründet sich auf den Ist-Zustand der menschlichen Welt und die Geschichte. Das immer wieder auftretende Leid, dass über die Menschen kommt und Menschen aller sozialen Klassen betrifft, ist dann vor allem ein philosophischer Aspekt der Anklage.

Ich erinnere mich noch an eine länger zurückliegende Diskussion mit meinen Autistenfreunden, in denen ich schon erste Ansätze meiner jetzigen Sichtweise erläutern wollte, Leid erwähnte und mir sofort Gegenwind entgegenkam. Leid sei erst mal zu definieren. Ich dachte schon damals an den Gorilla und meinte: Ein Gorilla mit einem vereiterten Backenzahn und demzufolge mit starken Schmerzen leidet, das brauche man nicht zu definieren. Schon war ich verärgert und mein Blutdruck war vermutlich in die Höhe geschossen.

Und dieser Schmerz sei völlig sinnlos, da er keine Warnfunktion habe und der Gorilla kaum Möglichkeiten, gegen den Schmerz vorzugehen. Schmerzen würden dann eventuell Sinn machen, wenn sie warnen könnten. Bei einem schmerzhaft verletzten Bein mache der Schmerz möglicherweise Sinn, da ich zur Schmerzvermeidung das Bein schone, mit der Chance auf Heilung.

Schon damals formulierte ich: „Die Evolution produziert Leid" und als ich behauptete, der Mensch könne es besser machen als die Natur, lachten die Autisten. Sie lachten mich aus.

Zum Ist-Zustand und das ist auf den ersten Blick weniger philosophisch, gehört, dass die materiellen Ressourcen, ob materielle oder Dienstleistungen, die dem Menschen zur Verfügung stehen, äußerst ungleich verteilt sind, keineswegs gerecht nach einem angeblichen

Leistungsprinzip, wie manche Liberale behaupten, innerhalb einzelner Gesellschaften ungleich verteilt, gewisser weise aber auch global. In früheren Jahrhunderten war die Menschheit dazu verdonnert, arm zu sein, eine wohlhabende Menschheit im Ganzen wäre unmöglich gewesen, obwohl es immer die Superreichen gegeben hat.

In heutigen Tagen wäre es langsam möglich, alle Grundbedürfnisse der Menschen zu decken, aber die Realität ist davon noch weit entfernt. Schon die bestehende Ungleichheit produziert Leid: Armut mit sozialer Stigmatisierung, schlimmstenfalls Hunger und vermeidbare Krankheiten, Entbehrungen, ein hartes Leben produzieren Leid, hinzukommen noch perverse Machtstrukturen, die zu Krieg zwischen den Gesellschaften führen können.

Gehört das alles zur Natur des Menschen und ist es unvermeidbar? Fast schon eine philosophische Frage. Müssten diese allgemeinen gesellschaftlichen Verhältnisse nicht zuerst verändert und verbessert werden, bis man anderes angeht und Zahnschmerzen von Gorillas zum Thema macht? Es sieht so aus, dass die gewünschten Veränderungen kaum gelingen, politische Kontrahenten, teilweise korrupt, sind miteinander im Wettstreit, gesellschaftlicher Fortschritt kommt langsam und Randbedingungen wie zum Beispiel der von Menschen verursachte Klimawandel drohen diesen Fortschritt zu gefährden.

Ist der Klimawandel nicht ein Beleg, dass der Mensch es schlechter macht als die Natur?

Meine Organisation, die HDO, wird maßgeblich von einigen Superreichen unterstützt, die Profiteure der gesellschaftlichen Ungleichheit sind, Profiteure der Verteilungsströme menschlicher Ressourcen, die hin zu ihnen fließen, zu den Superleistungsträger, könnte ein euphemistischer Liberale sagen, und diese werden einen Teufel tun, ihr Vermögen mit den Armen oder der Gesellschaft zu teilen.

Müsste ich diese nicht priorisiert anklagen? Sind die Mäzene Produzenten von Leid?

Keine Frage, mit der Verteilung ihres Vermögens in wirtschaftliche Entwicklung könnte kurzfristig Leid verringert werden. Gesellschaftlich und politisch umstritten ist, dass sie langfristig, sozusagen systemimmanent Leidproduzenten sind.

Ich tendiere eher zu der „sozialistischen" Antwort.

Was soll dann das alles mit meiner Anklage? Das muss ich mich selber fragen und ohne um die Ecke zu denken, wird man keine richtigen Antworten finden. Ich erlaube mir eine Doppelmoral, die anscheinend ohne das Paradox nicht auskommt. Meine Mäzene werden im politischen Diskurs und Alltag jeden Tag angeklagt.

Als Linker muss ich mich allerdings fragen, ob meine beiden Anklagen reaktionär sind und ich wünschte mir die Diskussion und Dialoge, bei denen alles zu Sprache käme. Bitte aber keine autistischen Kommentare wie der, dass Leid einer Definition bedarf.

Wenn eine Lobby von Superreichen beispielsweise das Tabu der Unberührbarkeit des menschlichen Genoms zum Bröckeln bringt, dann vielleicht nur, um ihres gleichen ein gesünderes und längeres Leben zu verschaffen, mit der Folge, dass die gesellschaftliche Ungleichheit weiter vergrößert würde.

Keine Frage. Diese Art von Technologie ist auch geeignet, ein Kastenwesen wie in Brave New World von Aldous Huxley beschrieben, einzurichten.

Die Klage gegen Gott hat ja gewisser weise ein linkes Standbein, da Religionskritik eine starke linke Tradition hat. Danach dienen Religionen, den gesellschaftlichen Status quo aufrechtzuerhalten, milde gesagt. Aber die Schöpfung anzuklagen, um dann zu fordern, in sie einzugreifen, bringt gleichermaßen Religiöse wie grün denkende Menschen auf die Palme und nicht nur die. Ich gebe zu und ich darf es nicht verschweigen: der transhumanistische Weg hat vermutlich zur Konsequenz, dass es sehr schnell keine Menschen, wie es sie jetzt gibt, geben wird und wenn, dann nur vereinzelt. Es ist schon ein bisschen absurd, dass wenige Tage heftiger Zahnschmerzen in Einsamkeit zu einer solchen Revolution führen.

– 23 -

Ich gehe im Supermarkt einkaufen, was in Zeiten der harten Ausgangsbeschränkungen während der Pandemie immer ein echtes Wochenhighlight war, geschmälert nur durch die beschlagene Brille, was durch meine Maske herrührte. In wärmeren pandemischen Zeiten, wie gestern, beschlägt die Brille nicht, aber das Einkaufserlebnis relativiert sich etwas, weil ich mich ja wieder mit meinen Autistenfreunden treffe.
Im Supermarkt hatte ich mich natürlich von meiner eigentlichen Gedankenwelt nicht gelöst und mich wunderte kaum, dass ich eine männliche Stimme hörte, die meinte: „Der weiß mehr als der liebe Gott.“, was ich auf mich bezog, was ich mir mit Sicherheit eingebildet hatte und was ich ziemlich lustig fand.
Ich bin wirklich einer, die es besser machen wollen als der liebe Gott und möglicherweise werden wir weibliche

Zombies mit langen, blonden Haaren erschaffen, deren Anblick aus der Nähe furchterregend ist und die ihre großen Zähne in mein Fleisch schlagen wollen. Ein heftiges Bild, aber der Roman Frankenstein wirkt nach. Auch Frankenstein will den Tod überwinden, ein Wunsch, eine Obsession ausgelöst durch den Tod eines nahen Verwandten; ich weiß nicht mehr, wer es war.

Die Transhumanisten sind quasi Nachfolger von Dr. Frankenstein und liegt der Gedanke nicht nahe, dass sie nur irgendwie geartete Kopien von Frankensteins Monster erschaffen können. Ich habe kein Bedürfnis, Frankensteins Monster zu umarmen, auch nicht die Zombieblondine. Das hat nichts mit meinem Schwulsein zu tun. Befreundete Frauen umarme ich ganz gerne, wenn es irgendwie auch etwas oberflächlich ist. Im Übrigen habe ich nur sehr wenige Freundinnen, die ich oder die mich umarmen würden.

Vielleicht sollte ich mich wirklich in mein neues Auto setzen und nach Utrecht fahren, einfach so und ohne Vorankündigung. Meine Anklage erfordert es noch nicht nach Den Haag zu fahren und vielleicht wird es nie einen Grund geben, nach Den Haag zu fahren. Im schlimmsten Fall löst sich die Anklage und ein nie stattfindender Prozess wie ein surreales Gespinst auf. Alpträume enden glücklicherweise meistens, wahrscheinlich gilt das auch für andere surreale Konstrukte.

In manchen Stunden würde ich ja sagen, mein ganzes Leben ist ein Alptraum, aber das stimmt so nicht. Das ganze Leben oder sagen wir meins ist mehr durch ein surreales Geflecht von Täuschungen durchsetzt. Man sieht sehr selten klar und ein Moment der Klarheit ist wohl die größte Täuschung.

Ich lasse meine Betrachtungen subjektiv werden, draußen regnet es stärker, sodass ich den Regen trotz

Kopfhörermusik hören kann. Betrachtet man den Regen könnte der Eindruck vermittelt werden, er höre nie auf. Die anstehenden Prozesse sind kein Traum, aber richtig greifbar sind sie auch nicht. Es gibt noch keine Verhandlungstermine beispielsweise. Das Gericht hat mir aber signalisiert, dass sie die Prozesse zulassen könnten. Immerhin wurde an einem Gericht in Den Haag ein Prozess zum Ökozid geführt, eine Klage gegen Shell. Ich kann mir allerdings nur durch bestehende Geldnöte, klamme Gerichtskassen erklären, dass die Prozesse eine Chance haben, zustande zu kommen. Zurzeit sind es zwar keine surrealen Prozesse, mehr als nur imaginäre Prozesse, es sind vielleicht virtuelle Prozesse, aber möglicherweise bin ich mir über die Bedeutung des Wortes virtuell nicht richtig im Klaren. Virtuelle Realität finde ich durchaus real, hat eine gewisse ganz besondere Realität, obgleich virtuell ursprünglich wohl „scheinbar" bedeutet, also eine Art Negation und virtuelle Prozesse finden nie statt. Virtuelle Prozesse mit Termin sind dann schon etwas realer.

Ich hoffe, es werden keine surrealen Prozesse, bei dem mir jeder Satz der Verteidigung die Wirklichkeit unter dem Boden wegzieht, freier Fall in ein Labyrinth logischer Verstrickungen, in dem unlogische, aber unentrinnbare Zirkelschlüsse die Luft zum Atmen nehmen. Teufel klopfen mir auf die Schulter und dass das mental surreale sich zum optisch surrealen wandelt und zum überdosierten Drogentrip wird, wie aus einem Terry Gilliam Film entstammend, wäre schon heftig, aber was ist das anderes, wenn Teufel einem auf die Schulter klopfen, als Zeugen der Verteidigung Frankensteins Monster und die Blondine vorgeführt werden. Im surrealen Prozess wird man selber zum Angeklagten, der Schuldspruch ist gewiss, Angst, die man bekommt, kann einen nicht retten. Man wünscht sich die surreale Hölle zu verlassen und sei es dann als Wurm zertreten zu werden. Man wünscht sich sein Ende als zertretener Wurm. Die Richter, Anwälte und Zeugen verwandeln sich in Borgs. Genau das sind transhumanistische Wesen.

Borgs sind Transhumanismus, sagte einer meiner Autistenfreunde. Ich versuchte zu widersprechen. Tatsächlich sind die surrealen Prozesse Teil meines Traumlebens geworden, Teufel klopfen mir selten auf die Schulter, visuelle Verzerrungen sind selten, und die gedanklichen Verzerrungen, die man bildhaft mit dem Aufsteigen und Absteigen einer Eschertreppe vergleichen kann, wenn sich alles nervend im gedanklichen Kreis dreht und möglicherweise absurde Begründungen machen den surrealen Prozess aus.

An sich bin ich ein Freund des Surrealen und dieses hatte mir einen beträchtlichen Teil an Unterhaltung gebracht. Träume sind an sich nicht böse, aber können manchmal ziemlich übel sein. Das Surreale als verschlüsselte message des Unbewussten ist nicht nur unterhaltsam, sondern auch hilfreich. Ein Teufel mit Hörnern und rotem Gesicht, der mir auf die Schulter klopft, wäre mir sogar lieb gewesen. Ich mochte es, wenn man mir auf die Schulter klopft, es konnten auch Teufel sein. Ich genieße es, wenn man mir recht gibt.

In Utrecht könnte man mir recht geben, aber oft sind Gerrit und ich gegensätzlicher Ansicht, meist im Detail, sonst hätten wir nie diskutiert, aber hin und wieder bestätigen wir uns gegenseitig und manchmal hören wir uns gegenseitig nur zu.

Ich kenne Gerrits Position zum Homunkulus, Frankenstein und Transhumanismus nicht wirklich. Wir haben früher kaum über diese Themen gesprochen. Kann ich irgendetwas aus seiner Tigergeschichte ableiten?

Ich werde ganz unabhängig von Den Haag nach Utrecht fahren. Hat Gerrit wirklich noch ein Bedürfnis mich zu küssen? Umarmen wird er mich ganz sicher, aber ein Zungenkuss? Es wäre schön, morgens neben ihm aufzuwachen. Das sage ich als alter Mann.

- 24 -

Wenn die Träume oder besser gesagt die Traumwahrnehmung in der Nacht zu intensiv sind, kann ich mit Sicherheit sagen, dass der folgende Tag ein sehr müder Tag wird. Auch an diesen Tagen versuche ich zu arbeiten, was ein wenig an Quälerei grenzt.
Zur Verfügung stehende Drogen sind irgendwie suboptimal und keine Dauerlösung des Problems, so das ich darauf verzichte Amphetamine zu beschaffen, legal oder illegal und Kaffee hilft nur wenig. Interessant, was der Amphetamin abhängige Erdös, ein weltberühmter Mathematiker, zu dem Problem gesagt hat.
Ist der Traum von der harmlosen, wirksamen Droge nur ein Traum oder könnte man angenehme Wachmacher und Spender geistiger Energie entwickeln, die zumindest mit der Gewöhnung keine Dosiserhöhung verlangen?
Vielleicht ist das aufgrund elementarer Regeln, wie unser Gehirn funktioniert, unmöglich.
Müdigkeit und Schlafstörungen hat wohl jeder Mensch hin und wieder und vielleicht sehr selten, aber ich würde sagen, bei denen, die dies als Dauerzustand feststellen, liegt eine Krankheit vor.
Für die Evolution ein Nebenschauplatz und vielleicht hat ein nicht so tiefer Schlaf sogar Vorteile, weil die Wachsamkeit erhöht wird. Warum schlafen wir überhaupt? Sowohl bestimmte Tiere und Menschen

müssen es. Warum verabschiedet sich das
Wachbewusstsein und macht Platz für eine surreale
Traumwelt, in der es Teufel gibt, in der Gedanken sich im
Kreis drehen können und die Gesetze der Welt und Logik
aufgehoben sind?

Ein Herz schlägt – gesund – dauernd weiter, wenn im
Ruhezustand auch etwas weniger schnell. Bestimmte
Tiere gehen in den Winterschlaf, um Energie zu sparen,
weil in der Winterlandschaft Nahrung finden, kann mehr
Energie kosten als gewonnen werden kann.

Träumen die Bären im Winterschlaf einen endlos langen
Traum? Eine eher absurde Frage: Gibt es Bären mit
schlechtem Winterschlaf, die in Folge den ganzen
Sommer müde sind? Über das Schlafverhalten von Bären
im Sommer ist mir nichts näheres bekannt.

Das Herz schlägt weiter während das Hirn halluziniert.
Katzen und Hunde träumen und ich stelle mir vor, dass
ihre gedankliche Welt nicht so komplex ist, ihre
Wahrnehmung ist aber ein komplexer Vorgang. Wenn sie
träumen generieren sie vielleicht virtuelle
Wahrnehmungen, aber vermutlich keine stories.

Ich habe von mir den Eindruck, dass ich mehr Gedanken
als Wahrnehmungen träume. Diese Gedanken sind durch
mein Leben, der Kultur, in der ich lebe, geprägt. Dass
Menschen träumen kann von ihren Vorgängern vererbt
sein, ob es für Menschen evolutionär Sinn macht, ist nicht
bestätigt. Träume führen jedenfalls nicht unbedingt zum
wohlergehen.

Ich muss das nochmal verdeutlichen: die Klage gegen die
Evolution muss rein symbolisch verstanden werden. Wir
leben in einer Welt mit physikalischen Gesetzen. Man
kann über sie klagen, was wenig Sinn macht, genauso
wenig wie es Sinn macht, gegen die Welt zu klagen, in die
man hineingeboren ist, obgleich es sinnvoll sein kann, von

Afghanistan nach Deutschland aufzubrechen. Man kann klagen, aber anklagen?

Vor ein paar Tagen geschah die Regenkatastrophe in Westdeutschland, unmittelbar in meiner Nachbarschaft. Der Regen forderte über 180 Menschenleben und Milliardenschäden.

Man kann Gott fragen warum. Zudem geschieht das praktisch jährlich. Aber die Natur verklagen? Den Menschen ist es aber klar, dass sie sich gegen die Natur vorsehen müssen. Sie müssen sich gegen Hochwassergefahr vorsehen und weiter gedacht und langfristig gegen Ursachen wie ein durch sie verändertes Weltklima vorgehen. Durch vielleicht vermeidbare Naturkatastrophen wird das ersichtlich.

Die Evolution und natürlich auch die Evolution des Menschen ist Teil der Natur. Leid muss auch als Resultat der Evolution verstanden werden und es muss verstanden werden, dass menschliches Leid für die menschliche Arterhaltung sekundär und nicht relevant ist, denn Leid ist mehr ein Abfallprodukt der Evolution. Aus einem primitiven Schmerzsystem primitiveren Lebens hat sich ein komplexes Gebilde der Möglichkeit von degenerativen Krankheiten, Schmerzen, Depressionen und anderen seelischen Störungen gebildet, dass vielleicht für die Arterhaltung sogar schädlich ist. Wie gegen Naturkatastrophen muss man sich gegen die Kollateralschäden der Evolution schützen.

Die Menschen müssen positiven Einfluss auf das Weltklima nehmen und nicht eher ungewollt wie jetzt, schädlichen. Die Menschen müssen ihre Grundversorgung sichern, in einer erneuerbaren Weise, sie müssen sich gegen Krankheitsgefahren schützen, die sie ausrotten könnten und wenn diese Voraussetzung geschaffen sind können sie ihre Arterhalt mit ihrem kollektiven Bewusstsein steuern. Leid, das systematisch mit dem Menschsein verbunden ist, muss ausgerottet werden. Keine Kriege mehr und Essen für alle, aber auch keine Depressionen mehr, kein unnötiger Schmerz. Die Menschheit muss sich nicht nur gegen äußere Gefahren wie Viren wappnen, sondern auch gegen die Kollateralschäden der Evolution vorgehen, die mit der menschlichen Existenz verbunden sind. Ein heikles Thema ist der Tod an sich.

So wie gegen die Natur und ihren Bedrohungen muss man sich gegen die Evolution vorsehen. Es gibt den Begriff der Naturkatastrophe, aber nicht den der Evolutionskatastrophe und man würde ihn vermutlich eher mit dem Aussterben einer Art in Verbindung bringen und im Gegensatz zur Naturkatastrophe haben sich die Schäden durch die Evolution nur langsam entwickelt wie eine überflüssige Wüste auf dem Planeten. Man muss ein Bewusstsein dafür schaffen, dass man gegen die natürliche Evolution arbeiten muss, weil sie systemisch Leid geschaffen hat. Deshalb wollen wir die Evolution anklagen und verurteilt sehen, ein Symbol dafür, dass der Mensch sein Geschick selber in die Hand nimmt. Die Zeit ist langsam reif dafür.

Ich mache nochmals darauf aufmerksam, dass praktisch alle Weltreligionen die Welt als Ort des Leids ansehen. Das Christentum ist in seinem Ursprung eine Erlösungsreligion, der Hinduismus sieht grundsätzlich eine Welt des Leids, der kaum und nur durch viele Wiedergeburten zu entkommen ist. Und es liegt nicht nur an der mangelnden materiellen Versorgung des Menschen und an den Kriegen, die die Menschen gegeneinander führen, sondern auch an der Biologie des Menschen, dass die Zustandsbeschreibung der Weltreligionen, wenn auch meist implizit, zutreffend ist.

Ich frage mich, warum ich an die Bären dachte. Gerrit und ich sind beide etwas bärig. Jedenfalls sind wir etwas übergewichtig, kräftig und größer als der Durchschnitt, im Gegensatz zu meinen hageren Autistenfreunden mit Durchschnittsgröße. Gibt es homosexuelle Bären? Bei anderen Tieren ist zumindest Bisexualität bekannt.

Ist die Homosexualität auch ein Kollateralschaden der Evolution, ohne jeden Vorteil für die Artenerhaltung? Bei den Bonobos verstärkt sie vermutlich die soziale Bindung in der Gruppe, den Zusammenhalt, der sie vor Gefahren schützt, die ihnen gemeinsam drohen. Kinderlose Individuen Loser?

Einer der bedeutendsten französischen Schriftsteller des 20. Jahrhundert und der bedeutendste Deutsche hatten zumindest eine homosexuelle Neigung, ich meine Marcel Proust und Thomas Mann und ich will mich nicht darüber auslassen, ob es vielleicht nicht wichtigere oder begabtere gab. Mir fällt der bedeutendste russische Komponist ein, Tschaikowski und bei den Informatikern und Mathematiker gab es einen Herrn Turing.

Das Schwulengen steht jedenfalls größeren kulturellen Leistungen nicht im Weg. Eine kulturelle Leistung ist um so mehr zu würdigen, wenn sie zu Artenerhalt und Verminderung von Leid beiträgt.

Vielleicht hat Tschaikowski zu dem Bild beigetragen, dass Russen keine Untermenschen sind, die man einfach atomar vernichten darf. Aber solche Überlegungen haben die Juden vor den Nazis auch nicht gerettet.

Ich drifte mit den Gedanken ab. Ich sehne mich nach echtem Dialog, von Angesicht zu Angesicht, aber weit mehr als was meine Autistenfreunde mir bieten können, die übrigens auch ausgemachte Solipsisten sind.

Ich sehe mich in einer Familienfeier, bei der alle miteinander schwatzen und ich mitten drin. So etwas hat es für mich nie gegeben. Ich war immer der Außenseiter, der Typ in der Ecke. Es hat schon eine Logik, wenn ich so komische Freunde habe und Gerrit ist da gewissermaßen eine Ausnahme, aber ihn als normal zu bezeichnen wäre dann auch zu viel. Unter anderem ist er regelmäßiger Konsument von illegalen Drogen. Polizeilichen Ärger hat er aber nie gehabt. Ich muss zu ihm hin, vielleicht kann er mir ein paar Anregungen zu meinen Anklagen geben. So weit ich weiß sind die Grenzen durchlässig und ich hab bald mein Zertifikat. Der Autor der Tigergeschichte sollte Verständnis für meine Kritik an der Evolution haben. Nicht unbedingt Verständnis für die Idee, die Evolution anzuklagen und auch nicht unbedingt die Akzeptanz, dass menschliche Genom für menschliche Eingriffe freizugeben. Letzteres ist natürlich zentraler Baustein der Transhumanisten.

Ich würde das auch nicht so einfach freigeben. In den ersten Jahren und Jahrzehnten nur äußerst behutsam, extrem kontrolliert, sodass sich eine sehr disziplinierte Kultur der Genveränderung entwickelt, in Begleitung eines Ethikrates beispielsweise, aber letztendlich sehe ich auch keinen anderen Weg, den Menschen zu helfen.

26

Die Anklage gegen Gott ist zwar im Prinzip auch symbolisch zu verstehen, aber sie ist personifizierbarer. Im weitesten Sinne und wohl von den meisten so gesehen ist Gott eine Person und nicht eine Art Prinzip, obwohl es diese Sicht auch gibt. Bei den Sichtweisen mag es Synthesen und fließende Übergänge geben.

Obwohl die Anklage eigentlich davon ausgeht, dass Gott nicht existiert, könnte neben der Verurteilung Gottes eine Bestrafung ausgesprochen werden und da Gott selbsternannte Vertreter hier auf Erden hat, der prominenteste ist der Papst, könnten seine aktiven Handlanger zu einer Strafe verurteilt werden. Ob diese Strafe durchsetzbar wäre, steht auf einem anderem Blatt. Unter den bestehenden politischen Verhältnissen wohl nicht und ich muss mich auch ernsthaft fragen, ob ich solche politischen Verhältnisse wollte, wie zum Beispiel eine maoistisch geprägte Weltdiktatur.

Die Evolution lässt sich nicht bestrafen. Ihr Vertreter wären vielleicht die Biologen, aber sie zu bestrafen, wäre völlig absurd.

Die Anklage wird keine Belege für die Nichtexistenz Gottes vorlegen. Für die Existenz der Welt und ihres Erscheinungsbildes ist die Existenz Gottes nicht notwendig, ihn als Erklärung für die Welt und ihre Geheimnisse heranzuziehen, erklärt nichts und verschiebt die Erklärungsprobleme auf eine andere Ebene. Wenn hier von Gott gesprochen wird, wird unterstellt, dass Gott allmächtig ist.

In vielen polytheistischen Religionen scheinen die Gottheiten nicht allmächtig zu sein, sondern sich eher die göttliche Macht zu teilen. Das gilt auch für den hinduistischen Shiva oder Vishnu, beide äußerst mächtig und wirksam, aber die Legenden lehren, dass sie nicht allmächtig gesehen wurden.

Religionen sind aber in den seltensten Fällen logisch konsistent, wie sonst könnte es sein, dass Luzifer wagt, sich gegen einen allmächtigen Gott zu erheben.

Ich glaube, es kann aus logischen Gründen nur einen allmächtigen Gott geben. Gegen diesen richtet sich meine Anklage.

Es gibt in der abrahamitischen Tradition zwei Modelle. Das „klassische", nach dem Gott, seine Engel und Heiligen fortwährend wirken. Die Gläubigen bitten um Segen und beten konkret dafür, dass ihnen kein Unheil geschieht.

In den Geschichten des Alten Testament beeinflusst Gott andauernd die Welt, im Neuen Testament, dass ja abgesehen von der Offenbarung nur eine kurze Zeit beschreibt, wirkt im Wesentlichen die übernatürliche göttliche Macht durch die Wunder Jesu, eher geringfügig und eher auf dem Niveau eines guten Illusionisten.

Mit der Zeit wurden die Wunder immer rarer und es setzt sich im modernen Christentum immer mehr die Sichtweise durch, dass Gott den Anfang der Welt bewirkt hat mit ihren Naturgesetzen, vielleicht hat er noch die erste Saat fürs Leben gelegt (umstritten), aber danach war alles sich selbst überlassen und das Leben und auch der Mensch (umstritten) entwickelte sich nach den Gesetzen der Evolution.

Doch sehr schlapp schaue ich Richtung Garten und sehe zwei Kohlweißlinge, die sich umschwirren, äußerst dynamisch und für einen guten Bruchteil einer Minute halten sie engen Abstand von vielleicht dreißig Zentimeter im Durchschnitt, um sich dann wieder voneinander zu entfernen. Es wirkt auf mich wie ein Wunder, ein Wunder der Natur. Wie machen sie das mit ihren winzigen Nervensystemen?

Zurück zur Theodizee, die es schon seit tausenden Jahren gibt, wahrscheinlich solange, wie Menschen philosophieren.

Philosophen und Theologen haben endlos viele Antworten gegeben.

Wieso lässt ein gütiger Gott Leid zu? Es ist nichts Neues an solchen Betrachtungsweisen, das Neue wäre Gott in einem menschlichen Gericht anzuklagen, ihn durch ein menschliches Gericht zu verurteilen.

Es ist neu, weil die Idee vermutlich so absurd wirkt. Der Prozess kann unmöglich die ganze Kulturgeschichte aufarbeiten, angefangen mit Definitionen, was Leid überhaupt ist. Was sagten meine Autistenfreunde: Leid müsse man erst definieren, etwa als Fehlen oder Mangel an Gutem, ein sophistischer, quasi nihilistischer Ansatz, der erst mal alles Leid relativiert. Leid ist nichts Wirkliches, sondern ein irgendwie geartetes menschliches Konstrukt. Auf diese Sichtweise darf sich die Anklage nicht einlassen.

Ich wünsche mir natürlich Zeugen der Verteidigung, die ihren theologischen Senf zur Theodizee abgeben. Leid als Folge der Willensfreiheit der Menschen. Das Gut der

Freiheit könnte als höher angesehen werden als daraus folgendes Leiden.

Ich denke an zwei einjährige Zwillinge, die in einem brennenden Haus sind. Einer wird ohne Verbrennungen zu erleiden aus dem Haus gerettet. Was hat das mit Willensfreiheit zu tun?

Die menschliche Biologie produziert Leid. Selbst ein Mensch, der in einer intakten Umwelt lebt und der nach bestem Wissen und Gewissen gesund lebt (Willensfreiheit) kann einen Krebs bekommen, der ein langwieriges schmerzhaftes, sehr schwächendes und quälendes Ende mit sich bringt. Und es gibt auf der Welt nur halbwegs intakte Umwelten oder schlechtere, besseres kann man sich nicht aussuchen.

Soll er Selbstmord begehen? Christliche Theologien lehnen das gemeinhin ab.

Glücklicherweise gibt es Opiate, die das Leid abmildern können, aber das Auftreten von diesem Leid hat mit Willensfreiheit nichts zu tun.

Das Glück erkennt man erst, wenn man Unglück kennt. Wir brauchen also immer wieder Krieg, um den Frieden schätzen zu können.

Eine interessante Position ist, dass Leid die Menschen näher an Gott bringt. Wenn er das so eingerichtet hat, wäre das ein Grund mehr, ihn zu verdonnern.

Um so mehr ich mich mit den relativierenden Argumenten der Theodizee auseinandersetze, um so klarer werden mir meine atheistischen, agnostischen Wurzeln. Für mich bedeutet Theodizee: entweder ist Gott böse oder ignorant oder ihn gibt es nicht.

Dass der liebe Gott tatsächlich böse ist und ihm der Prozess gemacht werden muss, sollte ins Bewusstsein der Menschen gelangen.

Vielleicht macht sich ja auch das Bewusstsein breit, das

Gott unfähig ist, und vielleicht argumentiert mancher, dass Gott mehr Gutes bewirkt hat als schlechtes zugelassen, nach dem Motto, wo gehobelt wird, fallen Späne und insgesamt sei die Schöpfung gut, wenn hier und dort auch unschönes passiert und der Mensch sei ein zu kleines Licht, um das alles zu beurteilen und nimmt man Leibniz, so ist die Welt die beste aller möglichen. Vertritt man die Ansicht von Leibniz, würde das zu einem Freispruch führen.

– 28 -

Doch ziemlich angeschlagen heute und die Anspannung meines offensichtlich zu großen Gehirn hat eine recht starke depressive Komponente. Ich kann mich mit Gott nicht versöhnen und ich denke einen Teil meiner Motivation, die Anklagen vorzubereiten, entstammt meinem eigenen Leiden, das zeitweise auftritt.
Man gibt mir von anderer Seite vielleicht den spöttischen Rat, ich solle, statt anzuklagen, eine ärztliche Behandlung suchen. Meine Willensfreiheit tendiert dazu, den Nebel von psychopharmakologischer Betäubung zu vermeiden. Wie wäre meine Weltsicht, wenn ich regelmäßig Antidepressiva nähme?
Und mir fehlt der Glauben, denn ein Teil der geringen Wirksamkeit dieser Mittel beruht auf dem Placeboeffekt. Ich verzichte auch darauf, weil ich auch bessere Stunden kenne. Sie liegen nicht so lange zurück.
Mein Leiden ist ein Kollateralschaden der Evolution, es geht auch anders, denn es gibt durchaus Menschen mit

einem gesunden Schlaf und ausgeglichener Stimmung; Nervenzellen können auch so. Da könnte man doch erwarten, dass stärkere Aktivität in die Qualitätssicherung geflossen wäre, aber die Evolution entwickelt schlampig und wir, die in diesem Grenzbereich psychisches Leiden besitzen, weder wirklich krank noch richtig gesund, spielen in diesem Leben mit und haben erst mal unsere Gene verbreitet, vielleicht zu einem Zeitpunkt noch geringerer Schäden. Wir spielen mit und können gesellschaftlich sogar erfolgreich sein, eventuell herausragende Leistungen vollbringen.

Ich denke jetzt zum Beispiel an den Physiker Le Sage, an den Mathematiker Erdös, an Marilyn Monroe und bei den Künstlern, Schriftstellern und Musiker ist es nur zu leicht, Figuren mit depressiven, bipolaren Störungen zu finden, die Höchstleistungen vollbrachten. Das macht die Sache nicht besser.

Ich stelle mir eine Welt, vielleicht eine SF-Welt vor, in der die Wesen grundsätzlich leiden und mit Leistungen das Leiden etwas abmildern. Solche Wesen können sich erfolgreich in ihrer Evolution durchsetzen.

Ich verlange ja nicht, dass ich mit einem Belohnungssystem ausgerüstet bin, dass mich bei jeder guten Tat mit Dopamin und Endorphine badet. In meinem Zustand wünscht man sich manchmal, einfach nur gar nichts zu spüren; gilt auch für den Körper, der im fortgeschrittenen Alter unangenehm wahrgenommen wird, hier ein Schmerz, da ein unangenehmes Gefühl, dann lieber gar nichts – Ruhe, Friede, wo mir eine Stimme eines Autistenfreundes nun sagt, das könne ich alles haben, wenn ich tot bin.

Irgendwann sind wir Seelen ja später nach religiösen Vorstellungen entweder im Paradies oder in der Hölle und wenn wir dann noch zu künstlerischem Ausdruck fähig sind, sind in einer naiven Betrachtungsszene die Höllenseelen die größeren Künstler, außer die Hölle bietet unendlich viel Leid.

Solche Plätze gibt es nur in Multiversen, wenn es dafür kein physikalisches Ausschlussprinzip gibt.

Meine Gedanken mäandrieren, scheinen nicht zielgerichtet, aber mäandrierende Flüsse finden ihr Ziel Meer (wenn sie vorher nicht versickern oder in einen See münden), aber nicht jeder Ort am Meer kann gefunden werden, obwohl sie alle auf gleicher Höhe liegen.

Ich denke, ich werde bald in die Niederlande fahren, auf jeden Fall zu Gerrit, überraschend oder nicht, aber vielleicht auch nach Den Haag. Ich werde in der Nähe des Gerichtsgebäudes ein Hotel nehmen und mich vom Gemäuer des Gerichtsgebäudes inspirieren lassen.

Kann der Gedanke an Gerrit mich aufhellen? Er kann es jedenfalls, wenn ich im Bett liege, an ihn denke und es mir mache. (fragwürdige Ausdrucksweise).

Ich glaube es kaum, dass es mir möglich sein wird, auf Personen des Gerichts, auf relevante Richter zu treffen. Am besten wäre es einen in einem Restaurant zu treffen, um die Anliegen der Anklage zu besprechen.

Denke ich an Den Haag und Restaurants denke ich immer an indonesische Reistafeln. Die indonesische Reistafel in Den Haag war eine der ersten Restauranterfahrungen, die ich unabhängig von meinen Eltern gemacht habe. Wäre mir dann heute zu viel und vielleicht ist die gestreute Qualität einer Reistafel für mich heutzutage nicht überzeugend, aber ein guter Indonesier mit einem Richter wäre nicht schlecht, natürlich auch mit Gerrit.

Indonesische Restaurants gibt es natürlich auch in Utrecht.

Bei diesem prägenden Erlebnis mit der Reistafel in Den

Haag war Gerrit nicht dabei, den habe ich etwas später kennengelernt, aber einer der Autistenfreunde war anwesend.

Eine Gruppe von Freunden, auf deren Agenda unter anderem der Welthunger stand, überfraß sich an einer Reistafel, das große Fressen in kleinem. Ich glaube, Leid spielte an diesem Abend keine Rolle, ganz sicher bin ich nicht. Ich habe dann in den Dünen die Nacht verbracht, aber gelitten habe ich nicht. Der Fleischkonsum war vermutlich kein Problem, denn erst später setzte sich das Wissen durch, wie schädlich Fleisch im Übermaß für die Welternährung, für die Umwelt und für das Weltklima ist. Und im heutigen Bewusstsein leiden Tiere mehr als im Jahr 1975.

Man könnte auch die Fleischindustrie anklagen, dass sie Leid produziert. Das entspräche auch mehr dem Zeitgeist und hätte größere Chancen, aber wäre auch gewissermaßen chancenlos in der Durchsetzbarkeit eines Urteils, dass die Fleischindustrie stoppt. Und ich? Ich lebe keineswegs vegan.

Ein nicht geborenes Schwein ist besser als eines, dass sein ganzes Leben auf einem Quadratmeter eingesperrt ist. Ich will nicht sagen, dass man eine gute Tat begeht, wenn man es schlachtet. Der Richter und ich essen Steaks und insgeheim belächelt er mich wegen der Anklagen, aber das Gericht wird ja praktisch geschmiert, damit es die Anklage annimmt.

– 29 -

Es folgten wieder Tage heftiger Schlafstörungen. Die vierte Welle wuchs, aber die Grenzen zu den

Niederlanden mussten offen sein und ich fühlte mich relativ sicher mit meinen Impfzertifikaten auf dem Handy. Die Anklagevorbereitung war eine kleine Anzahl von Worddateien auf meinem Laptop, aber sie lagen auch verstreut herum, teilweise mit Notizen versehen, die ich auf den Originaldokumenten noch nicht eingegeben hatte. Es gab ein paar Wohlfühlmomente, in denen sich die Bitternis meiner Sätze relativierten. Konnten meine Sätze von jemandem, dem es irgendwie gut ging, überhaupt verstanden werden? Kann Leid nur von dem richtig verstanden werden, der selber leidet?

Ich brauchte Richter mit chronischen Schmerzen, Depressionen, Schlafstörungen und bedeutenden Ängsten. Ich konnte nicht erwarte, dass sie an der Armutsgrenze leben, aber vielleicht waren manche verschuldet, spielsüchtig oder drogenabhängig. Ich hielt mich nicht lange an diesen absurden Gedanken auf. Die Justiz musste unabhängig von Selbsterfahrungen sein.

Sie beurteilt Verbrechen grausamster Art. Jeder Richter, jeder Anwalt musste verstehen, was Grausamkeit ist, auch wenn er nie persönlich grausames erlebt hatte. Als Kind ist man manchmal Situationen ausgesetzt, die Keime für ein späteres Verständnis setzen und zum Abstraktionsvermögen beitragen. Konnte es also doch Verständnis für meine Anklage geben?

Etwas sprach noch gegen meine Anklagen. Die Justiz richtete sich nach Verordnungen und Gesetze. Der Verstoß gegen diese musste festgestellt werden. Ob der Verstoß mit grausamen Umständen verbunden war, war nicht unwichtig, aber sekundär.

In meinem Fall gab es keine Gesetze, gegen die Gott oder die Evolution verstoßen hätten. Man hätte weit interpretieren müssen: Unterlassene Hilfeleistung ist so ein Begriff, der anwendbar wäre.

Bei einer tödlichen Krebskrankheit von fahrlässiger Tötung durch die Evolution zu sprechen, ging fast mir zu weit. Es gab praktisch keine Gesetze gegen die Gott und die Evolution verstoßen hätten, unnötige Zahnschmerzen waren keine Ordnungswidrigkeit.

Konnte man eine Verletzung der allgemeinen Menschenrechte anmahnen? Nein, die Menschenrechte waren zu kurz gefasst. Es gab kein Menschenrecht auf Schmerzfreiheit, keins auf psychische Gesundheit, keins auf endloses Leben.

Ich musste mir eingestehen, dass ich den ganzen Inhalt der Menschenrechte nicht auf dem Schirm hatte, ein eher peinlicher Umstand für einen Juristen in meiner Position. Ich fischte da im Ungefähren, aber ich wusste, dass die allgemeinen Menschenrechte erweitert werden mussten, um Verstöße gegen sie durch Gott und die Evolution einzuklagen.

Liebe Richter, dies und das sind eigentlich Menschenrechte und offensichtlich hat sie die Schöpfung ignoriert.

Meine Anklagen hatten keine Chance.

Der kleine Koffer ist gepackt, Wäsche für eine Woche, Kopien meiner Unterlagen, zwei Zeitschriften und mein Kindle-Reader. Bei booking.com habe ich Hotels in Utrecht und Den Haag reserviert. Eine Nacht in Utrecht, obwohl mir Gerrit auf meine Tigermail eher enttäuschend geantwortet hatte.

Ich habe Gerrit nicht angerufen oder ihm eine mail geschrieben; ich will ihn vor vollendeten Tatsachen stellen. Vielleicht wird ihm klar, was er für mich bedeutet, wenn ich völlig überraschend vor seiner Wohnungstür stehe.

Ich werde gegen Abend in Utrecht eintreffen. Restaurants haben geöffnet und mit meinem Zertifikat dürfte ich kein Problem haben. Wenn ich Gerrit in seiner Wohnung nicht antreffe, werde ich mein Handy betätigen.

Ich werde, wenn alles normal läuft für die Fahrt nach Utrecht etwa drei Stunden brauchen, möglicherweise gibt es im Kölner Ring Stau.

Es ist Samstag, der 28.08.2021, mein Volkswagen ist vollgetankt mit einer geheimnisvollen Energie, Strom, und ich werde den ID3 zum ersten Mal für eine lange Fahrt nutzen. Es ist zwar ein recht kühler Augusttag, ein bisschen regnerisch, aber die Reichweite dürfte mehr als reichen. Vermutlich käme ich von Utrecht ohne Aufladen auch zurück oder jedenfalls fast, weil ich gemütlich fahre, nicht schneller als 100.

Gegen 16 Uhr fahre ich los, aufgeregt, denn die nächsten

Tage werden in meinem Leben nicht ganz unwichtig sein.
Die Strecke von Bonn nach Köln ist ohne Stau, ich fahre
rechtsrheinisch, höre beim Fahren Brahmssinfonien.
Brahms oder Tschaikowski waren in der engeren
Auswahl. Bei Tschaikowski denke ich unwillkürlich an
meine Orientierung, dennoch verbinde ich die Sinfonien
von Brahms mehr mit Liebe. Die vier Sinfonien sind aber
gespielt, bevor ich in Utrecht eintreffe.
Die Erste von Brahms beginnt sehr dramatisch, oft ist sie
mir zu dramatisch. So habe ich auf der Strecke von Bonn
nach Köln eher eine düstere, pessimistische Stimmung,
aber ich weiß, die Musik wird bis zur Vierten
optimistischer, obgleich immer Sehnsucht anklingen wird.
Ich höre die Interpretationen von Järvi mit dem Bremer
Kammerorchester.
Meine Gedanken wandern meist etwas, ich brauche mich
nicht unnötig auf den Straßenverkehr konzentrieren, wenn
auch die Assistenzsysteme des ID3 nicht so perfekt sind
wie die des Teslas, den einer meiner Autistenfreunde
fährt.
Ich denke an das, was die letzten Monate zurückliegt,
diese dunkle Zeit; jeder lockdown war für mich ein
Tiefschlag.
Ich denke mehr an Gerrit als an die Anklagen, aber etwa
bei Düsseldorf wird aus meinen Gedanken ein innerer
Monolog, der meine Anklagen formuliert und sich an
Gerrit richtet. Wenn ich Gerrit vom Sinn der Anklagen
überzeugen kann, dann kann ich vielleicht auch das
Gericht überzeugen. Der fiktive Gerrit fragt mich, wieso
ich Gott anklage, wenn ich gar nicht an seine Existenz
glaube.
„Ist das nicht unlogisch?", fragt er.

„Die Anklage gegen Gott ist von meiner Seite nur symbolhaft zu verstehen. Es ist nur eine Variante einer Anklage gegen die Schöpfung ganz allgemein. Im Übrigen gibt es jede Menge Menschen, die an eine Existenz eines Schöpfergottes glauben und in seinem Namen agieren. Natürlich soll die Anklage ihnen die Augen öffnen."

„Schreib lieber ein Buch, wenn du nicht an Gott glaubst."

„Die Anklage gegen die Evolution ist mir im Grunde auch wichtiger und die Anklage gegen Gott nur ein Vorspiel."

Ich beende meinen inneren, fiktiven Dialog, weil mich ein großer Fiat mit dem Kennzeichen GÖ-TT-777 überholt, irgendwo bei Duisburg. Ich bin beeindruckt und werte dies kurz als göttlichen Einschüchterungsversuch. Ich bin dann doch recht amüsiert. Ich beschleunige etwas, um dem kleinen Wunder zu folgen, bis mich die Ts an Tod erinnern. Mir fällt ein uraltes Stück von Nina Hagen ein, in dem sie singt „Gott ist tot", eine Variante, die ich bisher nicht berücksichtigt habe. Aber wie kann ein allmächtiges Wesen sterben? Vielleicht eine Art Selbstmord. Vielleicht wurde Gott irgendwann depressiv über seine eigene Schöpfung und er wollte nichts gegen seine Depressionen unternehmen und beschloss zu sterben.

Gott ist natürlich kein biologisches Wesen und man könnte die Bedeutung von sterben nur auf Biologisches beschränken. Wenn er allmächtig war, konnte er seiner eigenen Existenz ein Ende setzen. Natürlich hätte er seine eigene Depression heilen können, aber er wollte das nicht. Soll sich die Theologie mit solchen Möglichkeiten beschäftigen und den genauen Todestag bestimmen. Was war an diesem Tag im Universum geschehen? Wenn Gott tot war, konnte man ihn nicht mehr anklagen.

Vielleicht können sich aber allmächtige Wesen aus bestimmten logischen Gründen nicht umbringen, Theologen mochten das erläutern.

Dass Gott schon immer tot war, machte für mich keinen Sinn, aber vielleicht konnte man ihn eher mit lebloser Materie vergleichen als mit einem warmblütigen biologischen Wesen.

Ein Roboter mit KI, der nur aus Plastik, Metallen und seltenen Erden besteht, wird man gemeinhin als nicht lebend, also tot bezeichnen, aber wie sähe es mit einer KI mit Bewusstsein aus? Nichts war ausgeschlossen und vielleicht hatte der allmächtige Gott kein Bewusstsein; er war etwas, was alles bewirken konnte, aber ohne Selbstreflexion. Konnte man etwas ohne Bewusstsein anklagen? Nein, zur Anklage gehört die Schuldfähigkeit! Die Evolution hatte kein Bewusstsein, sie war nicht zur Moral fähig, sie war also schuldunfähig.

Ich war inzwischen im ersten Satz von Brahms Dritter und meine Anklagen schienen zu zerbröseln.

Gott anzuklagen hat eine Tradition, aber es gibt ja den feinen Unterschied zwischen anklagen und juristisch verklagen. Das Gericht in Den Haag musste eine Pille mit LSD schmeißen, um die Einsicht zu bekommen, diese Anklagen zuzulassen. Hatte ich die Briefe falsch gedeutet?

Für die publikumswirksamen Anklagen wollten unsere Mäzene mehrere Millionen Euro springen lassen. Von fünf Millionen Euro war die Rede. Fünf Millionen für einen Publikumsgag, der vielleicht Wellen schlagen würde. Fünf Millionen, die die Gerichtskasse etwas aufstocken würde, aber das Gericht würde genau erwägen, wie groß seine Rufschädigung sein würde, würde es die

Anklagen zulassen und die Prozesse durchführen.

Vor Grenzübertritt bremste ich den Wagen und fuhr mit etwa zehn Stundenkilometer über eine doch offene Grenze ohne Kontrollen oder der Notwendigkeit ein Impfzertifikat vorzuweisen. Ich hatte den QR-Code übrigens noch auf ein zweites, ausgemustertes Handy überspielt, welches sich in meinem Koffer befand. Es war nicht mehr so weit bis Utrecht, mein Navi gab geschätzte 45 Minuten Fahrzeit bis zur Adresse von Gerrits Wohnung an.

Ein Gott ohne Bewusstsein? Bei den indischen Göttern konnte ich mir das gar nicht vorstellen, wenn ich mir zum Beispiel die Skulpturen von Shiva vorstelle.

Es gab in der neueren Geschichte des Christentums eine weitverbreitete Zurückhaltung Gott darzustellen. Ich wusste gar nicht, wie das im Islam war, aber soweit ich mich erinnern konnte, hatte ich nie eine muslimische Abbildung von Allah gesehen. Mir kam der Islam auch immer moderner vor als das Christentum; das gilt zumindest für den mittelalterlichen Islam im Vergleich zum mittelalterlichen Christentum. Man mochte die westlichen Gesellschaften der letzten Jahrhunderte für moderner halten als die muslimischen Gesellschaften, aber das galt nicht unbedingt für die Religionen, anders ausgedrückt: auf den Islam wirkte weniger Druck sich anzupassen wie auf das Christentum. Aber wieso beschäftigte ich mich überhaupt mit dem Wahn?

Das liegt wohl daran, dass es ein Wahnsinn ist, dass die Menschheit ihre Existenz nicht begreifen kann und diese selbst wie ein Wahnsinn oder Ähnliches erscheint, jedenfalls undurchdringlich.

Ich hoffe, ich laber Gerrit mit diesen Themen nicht voll, möglicherweise ist er gar nicht in Stimmung. Ja, in welcher Stimmung werde ich Gerrit antreffen?

Das peinlichste wäre, wenn ein jüngerer Liebhaber bei ihm zu Hause wäre. Einen älteren würde ich gerne kennenlernen, aber es wäre doch für mich eine Enttäuschung, zumindest eine momentane.

Ich sehne mich nach einem gemütlichen Abend mit ihm, ein gemeinsames Essen, guter Wein und wenn es die Götter so wollen liegen wir uns in den Armen und weinen. Weinen? Warum?

Ich muss mich mit meinen Erwartungen zurückhalten und vor allem mit einem Redefluss, der die Anklage betrifft. Wir können über das Schicksal der Tiger sprechen, über die, die auf diesem Planeten leben und die seiner Geschichte, die es auch ziemlich hart getroffen hat.

Ich werde zuerst die Adresse von Gerrit anfahren, bei ihm anklingeln, alles weitere wird sich zeigen. Vielleicht kann ich auf das Hotel verzichten. Es macht mir nichts aus für unbenutzte Hotelzimmer zu bezahlen. Ich hab mich dort für 22Uhr angekündigt.

Natürlich würde ich lieber bei Gerrit übernachten. Wir haben so viel Zeit zu reden, aber ich könnte nach einem Restaurantbesuch im Hotel einchecken. Das könnten wir gemeinsam machen, wozu gibt es Taxis?

Ich verlasse die Autobahn und fahre durch Vororte von Utrecht. Auch hier regnet es, aber nicht stark. Wie lange ist es her, dass ich mit einem Mann geschmust habe? An weiteres will ich gar nicht denken.

Mir kommen bestimmte Straßenzüge inzwischen bekannt vor. Und dann biege ich in seine Straße, den Maas-Weg, so würde sich das wohl übersetzen und da ist das viergeschossige Haus, in dem er Parterre wohnt.

Es ist gegen 19Uhr, als ich klingele. Es öffnet niemand, niemand meldet sich an der Türsprechanlage. Ich hatte es für wahrscheinlicher gehalten, dass er zu Hause ist, aber

es ist noch nicht unbedingt der worst case.
Es ist schon erstaunlich, wie verändert meine
Befindlichkeit ist, verglichen mit Zuständen alleine in
meiner Wohnung, in denen ich versuche, mit dem Tag
klarzukommen und oft fassungslos bin über die
Tiefschläge, die meine Existenz mir gibt.
Jetzt bin ich etwas aufgeregt und nervös, anscheinend eine
etwas oberflächliche Befindlichkeit.
Ich klingele mehrfach, vergebens, er scheint nicht da zu
sein. Mechanisch greife ich zum Handy, suche ihn im
Adressbuch des Telefons und tippe ihn an.
Ich warte, bekomme ein Freizeichen, das mehrfach tönt,
bis ein Anrufbeantworter sich mit Gerrits Stimme meldet.
Niederländisch. Ich versuche zu verstehen. Ich verstehe
Corona und Krankenhaus, den Namen des Krankenhauses
aber nicht deutlich genug, aber ich habe erst mal genug
verstanden: er ist wegen Corona im Krankenhaus und er
geht nicht ran.
Die Welt kommt mir düster vor. Ich muss zuerst ins Hotel.
Die können mir sagen, wie das Krankenhaus heißt und wo
es ist.
Ich werde ihn vermutlich nicht besuchen können und ich
werde ihn heute nicht umarmen, fürchte schlimmes,
trotzdem, ich kann nicht weinen.